KB272276

1894-2094

김시열 지음

1894~2094

늑대 사냥

ⓒ 김시열, 2026
지은이 | 김시열
펴낸이 | 정숙미

1판 1쇄 인쇄 | 2026년 2월 20일
1판 1쇄 발행 | 2026년 2월 25일

기획 및 편집 책임 | 정숙미
디자인 | 김근영
마케팅 | 김남용

펴낸 곳 | 도서출판 이유

주소 | 서울특별시 동작구 상도로53길 31, 401호
전화 | 02-812-7217 / 팩스 | 02-812-7218
E-mail | verna213@naver.com
출판등록 | 2000. 1. 4 제20-358호

ISBN | 979-11-86127-34-6(03810)

1894-2094

늘 나보다 한 발 앞선 생각과
아름다운 말로 삶의 영감을 길어 올려준
마음 속 별, **손정해**에게 바칩니다.

차례

지난 해 7월. 도쿄대학 혼고 캠퍼스 종합박물관 수장고에서 비밀문서 4점을 발견했다.

첫 번째 문서는 조선을 정탐하던 이치지 고스케, 조선인 통역인(으로 짐작하는 인물) 또는 조선어를 잘 하는 시모노세키 출신 상인, 그리고 도쿄대학 생물학부 출신 동물학자 기타자토 시바사부로 세 사람의 대화가 실린 보고서와 휘갈겨 써서 둘둘 말아 보관한 원고 초안이다.

이치지 고스케 11월 26일 보고서

삼강나루에 안개가 자욱하다. 조선 안개가 이렇게 짙은 줄 몰랐다. 강가라서 그런지 모르겠다. 배가 선착장으로 들어가는 것 같다. 모래톱 저 멀리 둥글지도 뾰족하지도 않은 산이 강줄기와 어깨를 나란히 겯고 줄달음친다.
조선은 산이구나.
안개 사이로 희읍스름한 것이 달린다.

"저게 뭔가?"
"어디, 어디요?"
"저기 말이야. 모래톱을 달리는 개떼 같기도, 개치곤 조금

커 보이긴 한데?”
“개가 아니라 조선늑대입니다.”
“뭣? 그럴 리가 있나. 늑대가 한낮에 떼 지어 달린다!”
“가끔은 대낮에도 나타납니다. 길을 잃었거나 새 길을 찾을 때.”
“길을 잃어서 내려오는 건 몰라도, 길을 찾으러 인간 마을로 내려오다니?”
“그럼요. 조선 늑대는 인간과 함께 사는 걸요. 사람과 같은 길을 쓰지요. 길을 걷다 보면 한두 번은 만납니다.”

기타자토 시바사부로가 부지런히 사진을 찍고, 찍다 말고 뭔가를 적는다. 학자들이란. 저 자가 학자인지 정치인인진 두고 봐야 알겠지만. 다음엔 시바사부로가 찍은 사진과 그가 부산항에 도착하자마자 그려온 <늑대 길> 지도를 덧붙여 소로쿠 참모차장에게 보내는 보고서를 써야겠다.

기타자토 시바사부로는 사진 아래 짧게 몇 마디 적어 넣었다.
‘속도와 지구력이 엄청나고 아주 먼 거리로 달릴 수 있고 서로 돕고, 함께 하는 협동심과 사회성이 뛰어나다. 조선에서 가장 큰 소인 황소도 쓰러뜨린다.’

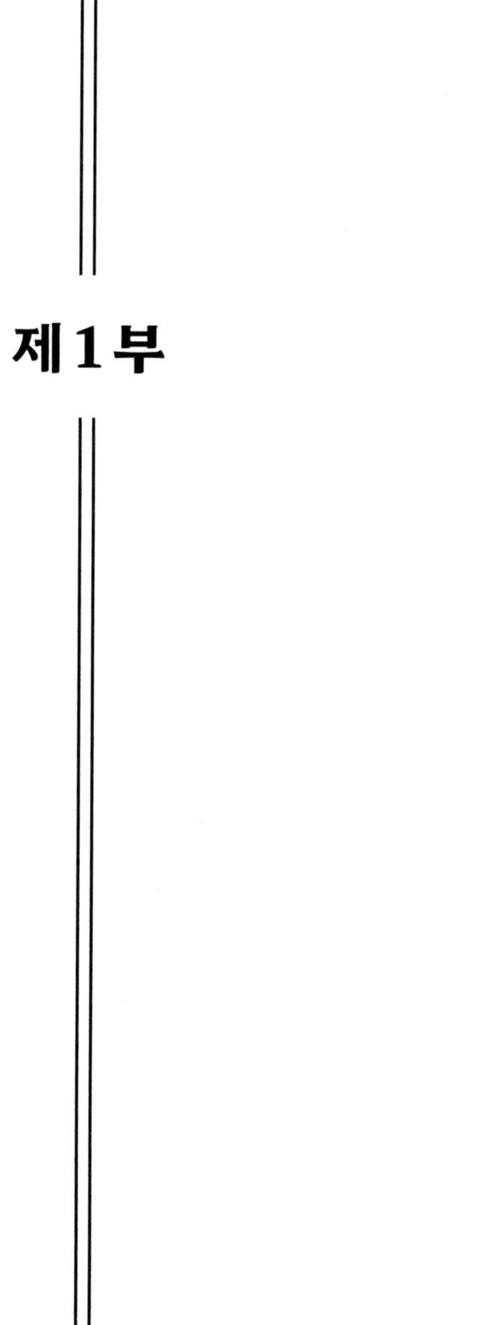

제1부

1

“서둘러.”

“오빠는?”

“나는 여기 있어야지. 상주와 석문리에 간 규선이와 동무들 오면 그때 같이 가든지 규선이만 보내든지 할 테니까 걱정 말고 어서 가.”

옆에 말없이 서 있던 정달이도 내 발걸음을 재촉한다.

“빨리 가자, 지금 가도 늦겠다.”

오빠가 정달이에게 서둘러 떠나라는 눈짓을 준다. 그렁그렁하게 맺힌 눈물 사이로 오빠 어깨에 바싹 붙은 두운이 어른거린다. 내게 작별인사를 건네는 듯 그의 몸이 흔들린다. 용문사에 땔감을 대러 가면 오빠 뒤를 졸졸 따라다니던 까까머리 동자승이었는데, 이젠 키가 오빠보다 머리 하나는 더 크다. 어릴 때부터 두운은 말이 없었고 정달이는 그때나 지금이나 수다쟁이다.

봉당에 서서 내 등을 지켜보는 두 사람 눈길을 떼어내자마자 섭섭한 마음을 정달이한테 툴툴 내뱉는다.

"뭐가 늦는다고 그래. 넌 내가 얼마나 빠르게 걷는지 몰라서 그러냐?"

"그래, 그렇지만 너 지금 몸이 그렇잖아."

"내 몸이 뭐가 어때서……. 그래그래. 알았다, 가자."

불룩한 내 배를 흘끗 보던 정달이 아무 말없이 내 보따리를 빼앗아 바지게에 얹고 앞장서 걷는다. 오빠는 내가 떠나면 두운과 함께 저수령을 넘어 전도야지와 만날 것이다. 내가 아는 건 여기까지다. 그리고 추포꾼이 우리 뒤를 바싹 쫓아올 거라는 것.

"보따리에 뭐가 들었어? 우리 집에 다 있으니 몸만 빠져나오면 된다고 형님한테 그렇게 말했는데."

"나도 몰라. 오빠가 미리 싸놓은 걸 어떡하냐? 천궁소를 잡는 곳. 백정 은어에 가서 풀어보라던데."

감천 장터를 지나 1리一里:400m쯤 걸으면 석관천과 내성천이 만나는 곳이다.

산비탈에 뿌리박은 널찍한 바위가 냇물까지 드리운 빨래바우를 지나 산기슭을 5리쯤 걸어 오르면 화통골. 그 골 넘어 정달이가 사는 버실 동네까지가 또 5리길이다. 모퉁이를 돌기 전 나는 다시 한 번 고개를 돌려 보이지 않는 우리 집을 본다. 오빠를, 규선을, 다시 볼 수 있을지 모르겠다.

하늘목장 산신당 옆 소나무 아래 아지매들을 불러놓고 《장화홍련전》, 《심청전》, 《임경업전》, 《조웅전》, 《서유기》를 다시 읽어줄지 나는 모른다.

이제 집은 보이지 않는다. 앞서 걷던 정달의 발이 얼어붙은 듯 갑자기 우뚝 멈춘다.

"어이 거기 어딜 그리 급히 가노? 니들 잠깐 서봐라. 거어 서라니까."

빨래바우 위에 검은 토시를 찬 사내 셋이 누운 듯 비스듬히 앉았다가 천천히 엉덩이를 일으킨다. 먹잇감을 발견한 짐승처럼 잠시도 눈을 떼지 않고 입가에 끈적끈적한 웃음을 흘리며 걸어온다.

우리 두 사람은 그 야비한 웃음에 두 발이 달라붙은 듯 꼼짝 못 하고 서 있을 뿐이다.

한 놈은 참나무몽둥이를 들었고, 다른 한 놈은 부러진 낫을 긴 나무막대기 끝에 꽂아 칭칭 동여맨 창을 어깨에 걸쳤다. 앞으로 나서며 낮고 무거운 목소리로 우릴 불러 세운 놈은 아무것도 들지 않은 맨손이지만, 한눈에 보기에도 손등이 투실투실하니 손이 작은 솥뚜껑만하다. 둥근 얼굴에 눈은 위로 찢어졌는데 살에 묻혀 눈동자도 코도 보이지 않고 허연 반죽에 세 줄을 그어놓은 것 같은 기괴한 인상이다.

"지게 벗고 바지게에 얹은 것 마카'모두'의 경상도 북부지방 사투리 내리놔라. 니들 어데서 오는 길이고?"

내뺄 길이 없다. 어릴 때부터 뜀박질이라면 하늘목장에서 둘째가라면 서러울 정달이와 나다. 그때라면 바람으로 달려가 오빠를 데려오거나, 화퉁골 늑대로 내달려 부용산 기슭으로 이놈들 홀리는 거야 일도 아니지만 정달이는 다리를 절고 나는 아이를 가진 몸이 됐다. 몽둥이를 든 놈이 나를 보고 두꺼비처럼 몸통을 옆으로 흔들며 걸어와선 정달이와 나 사이를 밀치곤 몸을 들이민다.

"이 난리통에 을라를 뱄네. 이 절뚝발이가 니 서방인가 보지?"

몽둥이로 정달이 지게를 툭툭 치며 눈은 내 배를 아래위로 훑는다.

"얜, 내 동생입니다. 지금 친정에 몸 풀러 가는 길입니다. 하도 세상이 어지러워 제가 집으로 데리고 가는 길입니다."

몽둥이 든 놈이 정달이 쪽으로 몸을 빙글 틀더니 어깨에 몽둥이를 쑤셔 박듯이 내리치며 지게 가지를 민다. 정달이는 지게를 벗을 새도 없이 넉장거리로 나가떨어진다.

우지끈 지게 가지가 토막 나고 정달이 몸이 산비탈 얼음판에 미끄러지듯 풀썩풀썩 내려앉는다.

"이 새끼야. 내가 니한테 물었나? 닌 주디 다물고 가마 있어.”

어금니 사이로 말을 한 마디 한 마디 뽑아내듯 내뱉으며 넘어진 정달이 한쪽 다리를 밟고 선다. 다른 발로 정달이 가슴을 짓누르며 몽둥이를 들어 불편한 다리 무릎에 구멍이라도 낼 듯 찍어 눌렀다 뗐다 멈추질 않는다.

비명이 하늘로 오르고 좌우로 구르는 정달이 몸에 짓눌린 구절초 꽃대가 꺾이며 꽃잎이 찢어진다. 몸부림치는 정달의 눈과 겁에 질린 내 눈이 엉켰다.

어미를 찾는 송아지 눈망울이다. 소를 어깨에 둘러메고 살아서일까.

정달이 눈으로 내 눈이 빨려 들어간다 싶었는데 어느새 나는 몸을 낮추고 몽둥이 든 사내 종아리에 머릴 파묻곤 늑대처럼 이를 드러내고 깨문다. 여름 밭둑에 열린 물외를 베어 물듯이 살을 입안에 넣고 물어뜯었다.

화들짝 놀란 사내가 정달이 가슴을 짓누른 발을 떼는 순간 벌떡 일어난 정달이가 옆에 놓인 지게작대기로 그놈 머리를 힘껏 갈겼으나 쓰러진 건 정달이였다.

솥뚜껑 주먹 사내가 정달이가 휘두른 지게작대기를 막고 한 손으로 돌아가는 정달이 옆구릴 내질렀다. 정달이 나뒹굴며 엉겁결에 바지게를 붙잡자 보자기가 풀어지며 책이 와르르 쏟아진다.

내가 잠이 안 올 때 베껴 쓴 《강릉추월전》, 《한양가》, 《삼국지연의》가 발치에 떨어진다.

책갈피 속에서 종이쪼가리가 꼬리명주나비처럼 나풀거리며 뛰쳐나와 춤춘다. 내 입에서 종아리를 뺀 사내가 분이 풀리지 않는 듯 몽둥이로 내 허리를 사정없이 갈긴다. 나는 배를 안아 쥐고 땅에 납작 엎드리듯이 허물어져 내린다.

사내 발끝 아래 내려앉은 종이를 집어올린 솥뚜껑 손 사내 눈썹이 성큼 올라간다.

"날아가는 종이 쪼가리 먼저 잡아라."

"야들은 어째고요?"

"임홍 행수가 말한 통문인지 뭐 그런 물건 같은데……저 연놈들이야 그냥 끌고 가만 되이께네. 자 퍼뜩 움직이라."

'임홍? 그 홍이 오빠?'

열명록列名錄:사람 이름을 죽 적어 놓은 책이며 임명장 축문이 보이고 종선이가 쓴 집회 통문도 날린다.

'이게 집강소에 들어간다면?'

"이년!"

종아리가 물린 사내는 있는 힘을 다해 다시 한 번 내 허리에 몽둥이를 날리고, 나는 까무룩 정신을 잃는다. 어디서부터 잘못된 걸까. 내가 얼굴도 모르는 사내들한테 쫓겨 다

녀야 할 까닭이 뭐란 말인가. 모르겠다, 도무지. 낯선 괴한들이 보는 가운데 석관천 작은 모래톱에 피칠갑을 하고 누워 있다는 게, 꿈은 아닐까. 화퉁골에서 늑대가 운다. 부용봉 위를 맴돌던 참매는 저수령을 넘어 까마득한 점이 되어 사라진다.

2

옥이와 나는 우리 집 옆 홍이 오빠네 봉당에서 놀았다.

두 칸짜리 초가집이었는데 가운데에는 작은 마루가 있고 마루 아래에 봉당을 두른 집이었다.

왼쪽 정지 앞에 오래 묵은 감나무가 서 있고 나무 아래에는 장독이 몇 개 놓였다. 정지를 끼고 뒤로 돌아가면 부용산 자락과 이어지는 뒤란이 있었다. 뒤란에는 멍석이며 타작할 때 쓰는 도리깨가 걸려 있고 가운데는 마루와 이어지는 여닫이문이 앞으로 엎어질 듯 숨가쁘게 달려 있다.

사람 손길이 닿지 않은 뒤란은 여뀌와 물봉선 그리고 닭의장풀과 고마리가 뒤덮었다.

우린 작은 손으로 봉당에 울긋불긋 단풍이 든 감잎을 깔아 놓고 그 위에 구절초, 쑥부쟁이를 꺾어 한상 차렸다. 붉고 희고 노랗고 자줏빛 도는 빛깔을 음식 삼아 먹고 마셨다. 홍이 오빠네가 그날 이사 간 뒤로 이 집은 옥이와 내 차지였다.

“종해야, 내일 우리 이사간데이.”
“어데로?”
“고든골인가 구렬인가 뭐 그쪽이라 카더라.”
“거 가서 뭐하노?”
“아부지가 나무꾼이니 나무해서 팔아먹겠지. 나는 나무하는 기 참말로 싫데이. 산지기한테 쫓기 댕기는 것도 싫고, 그 무거운 나무를 자르고, 장작으로 패고, 숯으로 굽는 게 싫다. 갈퀴도 없어 손으로 갈비 끌어 모으는 것도 난 싫다. 난 먼 데로 도망갈 끼다.”
홍이는 종해 오빠와 함께 그날 당장이라도 이 산골을 벗어나 먼 곳으로 떠날 것처럼 석관천이 끝나는 곳에 눈길을 꽂고 꼼작하지 않고 서 있었다.
홍이는 종해와 동갑이었지만 키는 머리 하나가 작았다.
어딜 가나 붙임성이 좋고 셈이 빨라 뭐든지 또래보다 한 발 앞섰다. 뜀박질은 늘 종해 오빠와 함께 앞서거니 뒤서거니 마을에서 둘을 따라올 아이가 없었다.

홍이는 다음날 점심때가 한참 지나서야 식구들과 함께 피붙이가 모여 산다는 고든골로 떠났다. 이웃들이 손을 보태 짐은 금방 다 쌌다. 짐이라고 해봐야 겨울 이불에 옷가지와 묵은 살림살이 잡동사니가 다였지만, 홍이 아지매가 훌쩍거리며 아랫말 늑대바위에서 부용산자락 윗마을까지 집집이 인사치레에 한나절이 흘렀다.

홍이가 종적을 감췄다는 이야긴 구렬로 시집갔다가 몸 풀러 감천 친정으로 돌아와 있는 옥이한테 들었다. 구렬은 해마다 시월상달 초사흘에 제를 올린다.

유사로 지정된 사람과 초헌, 아헌, 종헌 잔을 드리는 제관은 이정사 앞에 마련된 제실에 머문다. 부부관계는 말할 것도 없고 다른 사람과 만나지도 못하며 입에 욕을 담거나 삿된 생각을 가져도 안 된다.

제사 이레 전 단양이나 충주 장에 가서 제물을 장만하고 마을 고샅길을 쓸고 붉은 흙을 뿌린다. 음식을 준비하는 아낙들은 정지에서 나오지 못한다. 배가 불러오는 옥이도 시어머니를 돕느라 아침부터 붙잡혀 나물을 삶아 무치고, 전을 부치고, 산적을 꿰고, 유과를 만드는 데 필요한 조청을 고았다.

옥이는 이정사 귀서까래에 걸렸던 해가 넘어가서야 정지와 이어진 작은 정지방으로 들어갈 수 있었다. 광창 아래 동그마니 말아놓은 이불에 잠깐 기대 눈을 붙였는가 싶었는데 정지문을 흔드는 소리가 어렴풋이 들린다. 옥이는 겨우 눈을 뜨고 몸을 일으키는데 무언가가 짓누르는 힘에 꼼짝도 하지 못하고 소리 나는 쪽으로 귀만 갖다 댄다.

갑자기 낮에 시어머니가 정지에서 한 말이 생각났다.

"내가 니 맹키로 처음 시집오니까 시어머니가 바로 이 자리에 서서 한 마디 하더라.

제사 때면 말이다. 저 오미산에서 토채비가 정성을 들이는지 안 들이는지, 대충대충 제사상을 준비하는지 다 보고 있으이 꼭 정지문을 닫아걸고 일을 해라. 내사 그때 겁이 없을 적이께네 어맴이 그런 말을 하거나 말거나 정지문 다 열어놓고 전 부치고 일했지. 대낮에 문 닫아걸고 답답해서 일을 우예 하노 말이다. 그런데 말이다, 해가 아직도 남아 있을 땐데 벌건 불 두 개가 자꾸 나를 보는 기분이더라꼬. 돌아보마 아무것도 없고. 무섬증이 확 들어 문을 얼른 닫아걸었지. 닫아걸고 나니 정지문 밖이 꼭 해뜰 때처럼 붉은 기운이 가득한기라. 참말로 무섭더라. 내사 그게 뭔동 아직도 잘 모를따만. 어맴한테 말했더니 이 집을 지키는 성주대감이라 카던데. 하여튼 이맘때만 되만 영 께름칙하다."

정지문 밖은 아무 소리도 들리지 않고 어느새 광창이 붐하게 밝아온다. 옥이는 희미한 빛 사이로 누군가 자기를 들여다보는 섬뜩한 기분이 든다.

"누구이꺼?"

말이 입 밖으로 나간 건지 안에서 맴도는지 분간이 가질 않는다.

"저놈들 잡아라."

갑자기 투닥투닥 거친 발소리가 달려 나가고 다급한 목소리가 뒤를 좇는다.

마치 옥이의 귀를 찢고 후다다닥 뛰어 들어오는 소리 같았다.

정지방은 정지 무쇠 솥단지 바로 위에 있다. 밖에서 보면 정지와 방이 ㄱ자 모양으로 꺾인 곳이다.

그 모서리에 밖을 내다볼 수 있는 작은 광창을 냈다.

옥이는 광창에 눈을 바싹 갖다 대고 귀를 세웠다.

얼마나 잤는지 밖은 벌써 아슴푸레한 빛이 마당을 쓸고 다니며 뛰어다니는 사내들 모습을 좇는다. 옥이가 눈을 광창에 대는 순간 작달막한 사내 하나가 광창 쪽으로 눈길을 힐끔 던지고 지나간다.

'많이 본 눈맨데 누구지. 분명 아는 사람 눈인데.'

그 사내가 눈매를 돌리고 한 걸음 떼자마자 옥이는 바로 알아챘다.

"종선아, 너도 알지 그 오빠 산지기한테 쫓겨 달아나다 발 돌아간 거."

“홍이 오빠?”

“그래, 거꾸로 돌아간 발을 너 아부지가, ‘어 저기 저기 참매 날아간다’ 하시며 홍이 오빠 눈길을 붙잡아 놓곤 다시 휙 돌려버렸잖아.”

그때부터 홍이는 걸을 때 두 발이 앞뒤로 오가지 않고, 오른발이 살짝 밖으로 원을 그리며 앞으로 나갔다. 마을 사람들은 멀리서도 홍이의 걸음을 다 알고 있었다.

“그래도 비슷한 걸음걸이도 있지 않을까? 세상엔 별별 사람 다 있잖아.”

“아냐, 또 한 가지 분명한 건, 그 사람들이 모두 홍이 오빠가 이사 간 그 동네로 돌아갔다는 거야.”

“야, 그걸 네가 어떻게 아냐?”

“제사 드는 날이라. 우리 시댁 식구들하고 큰집 시어른다 한 방에서 잤어. 한잠 든 오밤중에 칼을 들고 복면을 하고 큰집 시어른을 깨운 거야. 그 도적들이. 그러곤 벽장문을 열게 하고 엽전 꾸러미, 책, 환도, 구리에 황금을 넣어 만든 버들잎잔을 다 자루에 쓸어 담았대.”

“그런데?”

“큰집 시어른이 제문과 지방을 쓰려고 갈아놓은 먹물을 손에 적신 채로, 물건은 가져가더라도 목숨은 해치지 말아 주시게 하며 도적들 등을 다독이는 척 적삼에다 먹칠로 표시를 해놓은 거지.”

다음날 읍에서 포졸들이 나와 도적들을 쫓았어. 길바닥에 훔친 것으로 보이는 떨어진 물건을 따라갔더니, 홍이 오빠가 이사 간 그 마을이 나오더란 거지. 등에 검은 손바닥이 찍힌 적삼을 어지럽게 벗어 재끼고 모두 잠에 곯아떨어졌더래.

다 오라를 지웠는데 홍이 오빠는 그곳에 없었다는 거야.

궁금증이 차오른 옥이는 남편한테 슬쩍 물어보기고 하고, 시어른들이 '도적맞은 그날 밤' 이야길 꺼낼라치면 끼어서 귀동냥도 해봤지만, 홍이 이름은 끝내 나오질 않았고, 그렇게 걷는 사람을 본 적도 없다고 했다.

어떻게 어디로 사라졌는지는 모르지만 옥이는 야밤에 칼을 들고 넘어온 도적 가운데 홍이가 있었다고 철썩같이 믿었다.

그날부터 혹시나 한 마을에서 컸다는 소문이 돌까봐 근질근질한 입에 자물쇠를 채우고 지내다, 나를 만나고서야 잠근 입을 연 것이다.

●

바람이 타들어간다.

땅에 남은 물 한 방울이라도 태워 없애려는 듯 햇발은 내리 3년 동안 이글거리며 꺼질 줄을 모른다. 못 바닥은 갈라

졌고 한천 강바닥에서는 타작할 때 날리는 먼지가 폴폴 일
었다. 대꼬바리를 물고 탁탁 부싯돌을 치는 임홍의 발아래
는 화승총 한 자루와 작은 환도가 가지런히 누워 있다. 번
쩍번쩍 불꽃이 필 듯 말 듯 부싯돌이 춤추는데 깍짓동 같은
사내가 다가온다.
　"임 행수, 정 집강이 부른다. 퍼뜩 가봐라."
　"뭐라꼬, 뭐 우에 가보라꼬?"
　봉당에 금이라도 낼 듯이 대꼬바리를 탕탕 두들기며 천
천히 말을 씹자, 머쓱해진 사내가 다시 조아린다.
　"임 도유사, 정 집강이 찾는다이더, 얼른 가보소."
　행수란 말을 쓰지 말라고 그렇게 일렀건만 저놈은 돌아
서면 그때뿐. 집강소 육방관속이며 양반 떨거지들이 '행수'
란 말을 얼마나 얕잡아 보는지 저놈은 안중에도 없다. 알
리가 없다.

　예천 집강소는 서본리 현산 아래에 있다.
　임홍이 삼문에 들어섰다. 좌우에 유학들이 기거하는 동
서재가 보이고 그 뒤로 마당을 한 칸 돋우어 명륜당을 앉혔
다. 동서재와 명륜당 사이에는 밴질밴질한 배롱나무 두 그
루가 얼어붙은 분위기를 녹여보려는 듯 꽃 계단을 만들고
살랑거린다. 명륜당 뒤로는 한천이 내려다보이는 풍월루가
자리 잡고 공자를 모시는 대성전이 바싹 따라 붙었다.

　명륜당 앞마당 좌우로 푸른 깃대에 달린 붉은 깃발 위에 노란 글자가 희끔희끔 바람에 춤춘다.
　가운데 교자에 집강 박인문, 장문건, 황송해 셋이 앉아 있고 양옆으로 <부의집강령기扶義執綱令旗;의를 일으키고 기강을 잡는다>가 펄럭인다.

　"임 유사, 화지에 갔던 후망정탐하는 사람이나 병사이 돌아왔다. 곧 동비들이 들이닥칠 것 같데이. 초돌병졸을 유정들과 금당실 쪽에도 보내고 임 유사가 빠짐없이 점고해야 될따."
　집강을 대신해 좌통독 황돈일이 다잡는다.
　"알았니더. 그런데 정 집강은 어데 가셨는 모이지요?"
　"모르겠다. 그 사람이 뭐 우리한테 수이상의하고 움직이나."
　섭섭한 기운이 말 꼬랑지에 매달렸다.
　임홍이 다시 삼문으로 걸어 나오는데 박 참봉과 이 영장이 문설주에 기대 서 있다.
　"임 유사, 내 잠깐만 보자."
　이 영장이 뭔 이야긴지 한참을 소근거린다.

　임홍은 낮술을 먹은 사람처럼 낯빛이 불콰하게 빛난다.
　"알았제? 니만 믿는데이."

임홍은 삼문과 홍살문 사이에 버티고 선 은행나무 아래로 사내 셋을 불렀다.

모두 보부상 다닐 때 함께 다닌 식구들이다. 동비들로부터 보호한다는 구실로 예천 4인방 집을 행랑채 식구처럼 스스럼없이 드나들며 살림살이와 동태를 낱낱이 지켜보게 하고 있다.
"재봉이 니는 이 영장 곁을 떠나지 마라. 이 영장이 자주 만나는 정 집강과 박 참봉 사이에 오간 말을 하나도 놓치지 말고 낱낱이 알리거라."
임홍을 행수라고 불러 핀잔을 듣던 그 사내였다.
"알았다."
백재봉은 짧게 내뱉는다. 철추를 부여잡곤 홍살문으로 휘휘 달려간다.

"태운아, 니는 금당실 박씨 유향소를 지나 감천으로 가는 길목에서 지키다가 통명에서 넘어오는 갖바치와 명봉사에서 내려오는 중들을 지켜보다가 사람을 보내면 바로 귀밑으로 들어와야 된다.
"알겠데이."
큰칼을 든 김태운은 은행나무 아래 모여 약조를 외치며 아침 점고를 받는 민보군들 사이로 모습을 감췄다.

“태산이는 초돌 둘을 데리고 남의 눈에 띄지 않게 귀밑으로 가 기다리라.

초군 종해 패거리를 한시도 놓치지 말고 지켜봐야 한다. 금곡 포덕소 동도들 눈에 띄만 안된데이.”

“알았니더.”

배태산이 허리를 굽혔다.

배태산은 임홍보다 열댓 살이나 아래인 보부상 지게꾼 출신이다. 주먹이 솥뚜껑만하고 힘이 장사다. 눈치도 약삭빨라 뭔 일을 시켜도 야무지다.

예천 민보군은 모두 장유_{長襦:긴두루마기}를 벗고 날렵하게 행장을 차렸다.

안동도총부에서 낸 말대로 흑삼_{黑衫:검은 토시}을 걸치고 아침저녁으로 점고를 받는다. 전쟁은 어디로 불지 모르는 바람이다. 소문은 이리 불고 저리 분다. 불안한 사람은 이리 몰리고 저리 쏠리고. 피 냄새 배인 바람만 쫓아다닌다. 오늘은 누가 죽을 것이다. 오늘은 간석골과 안응골까지 동학꾼이 밀고 올라오리라. 내일은 나무전골목과 향교골에 핏빛이 가득찰 것이다. 소문은 두려움이 되어 골골이 퍼지고, 민보군 우두머리는 머리를 맞대고 소문을 옭아맬 주문을 만든다.

“북으로는 덕봉산 장군바위가 남으로는 남산이 서쪽엔 현산 동쪽엔 냉정산이 집강소를 지켜준다. 천지신령은 우리 편이니 우리는 그저 작은 정성만 보태면 된다. 나를 믿어라. 모두 오른손을 들고 나를 믿고 너희 자신을 믿어라.”

아전 우두머리 정대일이 약조를 바치라고 목소리를 높인다.

“이렇게만 하면 살 수 있다. 나는 살 궁리를 할 테니 너희는 나만 따라 와라. 약조를 바쳐라.”

정대일이 재우친다.

약조

　- 부자형제를 떠나 모두 군대에 나가 위급할 때
　　힘을 합칠 것을 허락하니 군에 나갈 때 정해진
　　규칙과 관례는 따르지 않는다.
　- 나이를 따지지 않고 노약자 빼고는
　　모두 군대에 나가는 것을 허락한다.
　- 기강을 세우고 규율을 정하며 상 내리고
　　벌주는 것을 반드시 엄격하고 가지런히 하며
　　모두 군수의 지휘를 받는다.
　- 약조를 정한 뒤 만약 어기거나 동학으로
　　들어가는 자가 있다면 그 집을 헐어 버리고

　군율로 다스린다.
－ 달마다 초하루, 보름에 숫자를 헤아리고
　조사해서 까닭 없이 빠진 자는 곤장 10대를 친다.

　아침에 다섯 개 조항만 입으로 따라하고 나머지는 벽에다 내건 약조를 저마다 읽는 것으로 갈음했다.
　읽지 않는 자, 글을 모르는 자를 대신해서 읽어주는 유사를 정했지만 동학군 으르렁거리는 천둥이 머리맡을 때리면서로 숨어들기 바빴다. 누군가 남녘에서 불어오는 피울음 소릴 집강소에서도 들었다는 말만 돌아도 침이 마르고 혀가 말려 소리는 입 밖으로 나오질 않았다. 하나둘 눈을 감고 등을 돌렸다.

－ 외면 동리에 모두 집강과 통수를 세우고,
　그 면에서 초하루와 보름에 점고한 뒤
　본 소에 알린다.
－ 집강과 도감은 모두 답호예복 밑에 입는 조끼를 입고
　유사와 집사 그리고 부병은 모두 흑삼을 입고
　머리를 싸매서 흰옷과 구별한다.
－ 마을과 길거리마다 막을 설치하여 지키고
　번을 나누어서 순찰을 돈다.
－ 산 높은 곳에 망대와 횃불을 두어 밤낮으로

　　살핀다. 만약 위급한 정보가 울리면
　　호각을 불고 총을 쏜다. 총이 3번 울리는 동안
　　일제히 점고를 받는다.
　 - 아무 이유 없이 빠지는 자는 엄하게
　　곤장을 치고 속전을 거둔다.
　 - 예천 바깥 다른 곳으로 이주하는 것을
　　엄금해서 합심하여 적을 막도록 한다.

흔들리는 바람에 얹힌 불안과 걱정이 예천 읍내 간석골, 안응골, 새막골, 향교골과 나무전 골목을 누비며 어슬렁거린다. 누렇게 익어가는 송포들 나락이 춤춘다. 아침마다 외치는 '싸우자'는 약조가 가슴 저 밑바닥에서 일렁거리는 가을걷이 풍악소리에 금이 가고 깨진다.

집강소를 떠도는 희미한 웃음, 시시껄렁한 농담만이 딱딱하게 굳은 약조를 대신한다.

날만 새면 몇십 명씩 빈자리가 생긴다. 벽에 써 붙여 놓은 약조는 단단하지 못하고 불안으로 슬금슬금 빠져나가는 민심을 옭아매기에는 너무나 성근 그물이다.

보부상한테는 난리통이 한몫 잡을 기회란 걸 몸으로 새긴 임홍이다.

난리에는 먹을 걸 구하는 게 먼저다. 먹이는 싸움이다.

나라님이 군량미를 대는 것도 아니고 약아빠진 양반들이 제 재물을 뚝 잘라 내놓지도 않는다. 곳간을 지켜야 할 부자들이 군량미를 댄다. 난리 동안 목숨을 이어가고 재물을 간수코자.

이쪽에는 4인방 지주들이고 저쪽에는 모량도감募糧都監이다. 이들이 싸움판을 쥐고 흔들 벼리다.

힘 있는 시간에 나를 묶어두어야 떠내려가지 않는 위태로운 세월이지만, 동아줄 같은 시간을 거머쥔 그 자가 누구일지, 그게 뭔지, 아직 잘 모른다. 박기양이든 이유태든 정대일이든. 이제 그 시간이 다가오고 있고 나는 그것을 잡고야 말리라고 임홍은 다짐한다.

"화지에서 사람이 왔니더."

임홍이 초돌 소리에 놀라 눈을 번쩍 뜨니 벌써 부병과 농민들한테 붙잡혀 둘러싸인 동도 둘이 걸어 들어오고 있다.

키가 나지막하고 눈이 반짝거리는 사내는 퇴치 접주 박현성이라고 했다. 옆에 키가 크고 장골이처럼 떡 벌어진 사내는 화지 접사 김노연. 동서재 뒤에 돋아 있는 명륜당 앞 교자 에 흰 수염을 늘어뜨린 집강 황송해한테 화지에서 보낸 두루마기가 넘어간다.

한번 훑어보더니 왼쪽 정대일한테 건넨다. 정대일은 한 손을 내젓듯 두루마기를 펼치더니 박현성 발아래 땅바닥에 집어던진다.

"화지 화적놈아. 네놈들이 이칸다꼬 세상이 뒤집어질 성싶으냐?"

"우린 화적이 아닙니다. 세상은 왜놈들이 뒤집고 벼슬아치들이 파먹는 걸 참말로 모르겠습니까? 우리는 세상이 뒤집히는 것을 바라는 것이 아니고 바로 서길 원하는 사람들입니다."

박현성은 놀라는 기색 없이 아이 같은 맑은 목소리로 말을 이어간다.

"바로 서길 원하는 자들이 밤낮으로 적당들을 모아 우릴 칠라꼬 읍내를 에워쌌나? 밤을 낮 삼아 울을 타넘고 재물을 강탈하나? 군민을 겁박하여 억지로 동도에 들게 하나? 무기를 훔치고 사대부를 욕보이나? 마음에도 없는 소리라는 걸 을라들도 다 아는 판에 무슨 짓거리를 하고자 집강소까지 왔는지는 몰따만 너희 놈들을 곱게 보내줄 수는 없는 일이다."

정대일 눈알이 희번덕거리며 말을 꺼낼 때마다 불이 뚝뚝 떨어진다.

"지금 왜놈들을 막지 못하면 정 집강이 말한 대로 될 겁니다. 일본 놈들이 경복궁 궁궐에 총을 쏘고 임금과 왕후를 겁박한 소식을 아직도 듣지 못했습니까? 우리가 일어난 것은 태봉에 있는 왜놈들 때문입니다.

우리끼리 싸움을 멈추고 조선 사람끼리 해치지 말고 왜놈과 싸워야 한단 말입니다.

같은 운명을 짊어진 예천 사람입니다. 우리가 풀어야 할 나머지 일은 그 뒤에 따지고 톺아 가면 됩니다.”

“닥쳐라. 네놈들이 화지와 금곡 양쪽에서 우리 숨통을 조여 오는 것을 모를 줄 알았더냐. 저놈들을 당장 옥에 가두어라.”

종해는 무엇을 생각할까. 박현성과 같은 마음일까.

임홍은 감천 종해를 떠올린다. 부용산 자락에 얹힌 집을 떠나오기 전날 종해를 불렀다.

“같이 가자. 나는 쌀자루를 마련해서 목계나루로 가 세곡선을 타고 서울로 갈 끼다. 땅은 우릴 받아주지 않아. 농사지을 밭뙈기 하나 없어. 앉아 있을 수도 서 있을 수도 없단 말이다. 니는 평생 산지기들한테 쫓기며 산기슭에 붙어 나무만 베다 죽을 끼가? 나는 새로운 길을 찾을 기다.”

종해는 말이 없다. 늑대바위인지 화통골인지 늑대 울음만 울려 퍼진다.

“홍아. 그래 너는 새로운 길을 찾아. 나는 우리 아버지처럼 평생 산지기한테 쫓겨 다니던 그 길을 끊을 거야. 구차한 시간들을 지우고 말 거야. 그러지 않고선 새 길은 보이지 않아. 내 발바닥에 달라붙은 진흙을 털어 버리지 않고선 어디를 가도 진창일 게 뻔해.”

종해가 하늘목장에 눈을 꽂고 박달나무 물미장 하나를 건넨다.

“혹시 너한테 필요할지 몰라서 하나 만들었다. 이사 가도 자주 보자. 나는 이것만 있으면 돼.”

시퍼렇게 간 낫 한 자루를 들어 보이곤 씩 웃으며 돌아선다.

3

“읍실댁 있나?”

“예, 형님”

“얼른 가자. 잿물에 풀어놓은 닥나무 얼른 치대고 저녁 안치야지?”

석관천이 내성천을 만나고자 모퉁이를 틀며 흘러가는 자락에 이웃한 읍실댁과 우평댁은 마을에서 대대로 닥나무 농사로 먹고 살았다.

“닥나무 벗긴 건 빨래바우에 놔뒀나?”

“예, 넓적한 기 잿물 빼고 두드리기엔 그만한 곳이 없지요.”

모퉁이를 틀자말자 우평댁이 기겁을 하고 소릴 지른다.

“야야! 야야. 저게 뭐로? 저쪽에 얼찐거리는 꺼먼 거.”

“아이고, 저놈들 마구 밟는 게 사람 아이껴?”

읍실댁이 소리를 지르자 몽둥이를 들고 발길질을 하는 놈과 허리를 굽히고 뭔가를 줍던 놈이 엉거주춤 일어서더니 천천히 고개를 든다.

“이거! 이거. 골치 아프게 됐대이. 니는 얼른 그놈 들쳐 업고, 보따리에서 흘러나온 책이며 종이쪼가리 다 주워 담았나?”

예천에서 감천 동학군은 유별나다.

하늘목장과 이어진 부용산 자락 아래 사는 초군들로 이루어졌는데 상리, 하리 멀리 단양 나무꾼들까지 한통속으로 움직인다. 하늘목장에서 신호가 떨어지면 저수령을 넘어 단양, 제천을 휘젓는 포수들까지 같이 밀고 온다고 들었다. 신출귀몰하게 움직이는 바탕엔 명봉사, 용문사, 서악사, 화통골 불당에 촘촘히 박힌 중들이 있다. 이놈들이 초군들 눈과 귀 구실을 한다.

소낙비 그치면 골짜기로 내려오는 무지개처럼 모습을 보이는가 싶으면 어느새 사라지고 만다. 산자락에 박힌 초군들 집에는 동비들만 알 수 있는 신호로 가득하다. 벌써 어

떤 신호를 보내서 우릴 쫓고 있는지 모를 일이다. 우리가
누군지 벌써 알아차렸을 것이다. 얼른 빠져나가야 한다.

"이년은 어째까요?"
종아리에 피 칠을 한 놈이 엎어져 있는 여자의 등을 밟고
식식거린다. 성이 안 풀리는지 배를 걷어찬다.
'으윽.'
등이 출렁 일어서더니 여자는 깊고 낮은 비명을 뽑아낸다.
"이년! 니는 내가 가마 안 둔다. 얼굴 단디 봐 놨으이 어
데로 토낄 생각일랑 말고!"
"귀모원으로 해서 구마이 여제단 쪽으로 빠져나가자. 초
군들 몰려오기 전에 퍼뜩 움직이라."
검은 토시를 찬 사내들이 빨래바우 뒤편 산기슭을 따라
종적을 감춘다. 멀리서 얼어붙었던 읍실댁과 우평댁이 그
제야 부리나케 달려간다.
"야가, 야가! 종선이 아이라! 자넨 얼른 가서 종해한테 알
리고 사람들 델꼬 온나."
우평댁이 종선이를 돌아 눕히며 배를 살피곤 읍실댁한테
다급하게 손짓한다.
읍실댁은 벌써 모퉁이를 돌아 감천 장터로 달린다.
'종선이는 그 몸으로 어델 가다가 저 변을 당했을꼬.'
"아지맨 어델 그리 급하게 가니껴?"

감천 역졸 황묵영과 하무실 봉화꾼 곽빈이 달려오는 읍실댁을 보고 아는 체한다.

"큰났다. 저 아래 빨래바우 앞에서 종선이가 어떤 놈들한테 맞아 반죽음이 다 됐다."

"뭐라꼬요? 어떤 놈들한테요?"

"검은 토시 찬 놈들인데 모두 셋이더라. 우릴 보곤 귀모원 쪽으로 내뺐다."

"안되겠다. 내가 먼저 빨래바우로 가볼테이 빈이 니는 읍실아지매 따라 종해한테 알리고 온나."

황묵영이 빨래바우 앞에서 종선이를 들쳐 업고 종선이 신을 든 우평댁을 달고 부용산 아래 종해 집으로 잰걸음으로 달려올 때까지 종해는 보이지 않았다.

소문을 듣고 모인 사람들 걱정소리만 웅성웅성 곽빈과 읍실댁을 둘러싼다.

"종해는 어데 갔노? 종선이가 이래 됐는데."

"하늘목장에서 저수령 쪽으로 갔다는데 오늘 중으로 연락이 될지 모르겠네."

곽빈이 방문을 열어주며 받는다.

"아지매들 이야길 들어보이, 민보군 같던데. 종선이는 잘 몰라도 그놈들이 종해는 알 끼다. 여기 있음 어째될지 모르니 종선이를 하늘목장으로 옮기는 게 좋을 것 같다. 빈이 니가 먼저 하늘목장에 가서 종해가 없더라도 사람들 이

쪽으로 보내라.”

“알았다.”

곽빈이 행전을 치고 바람처럼 산기슭을 오른다.

그놈들이 종선이를 저렇게 만들고 정달이까지 데려갔다니 무슨 짓을 할지 모른다.

하무실 봉수대로 와서 정달이 다리를 그 지경으로 만든 그놈들 아닐까. 그날 정달이가 하무실 봉수대에서 종해한테 부탁한 말린 늑대 똥을 전해주러 왔다가 그 낭패를 봤는데, 지금은 정달이를 납치하고 종해 동생까지 피곤죽을 만들어 놓았다. 늑대 똥은 봉수꾼이 연기를 올리는데 그만이라 보통 초군한테 부탁을 한다. 나는 늑대가 다니는 길목이며 늑대 굴을 손바닥처럼 잘 알고 있는 종해한테 말해서 구하곤 했다.

이놈들이 정달이 정체를 알아차린 걸까.

●

정달이 아버지는 예천 4인방 가운데 우두머리급인 이 영장營將한테 봄가을로 소가죽으로 태사혜太史鞋:남자 마른신. 비단이나 가죽으로 울을 하고, 코와 뒤축에는 흰 줄무늬를 새겼다를 지어 바쳤다. 몇 해 전부터 늙은 아버지 심부름으로 신발을 가져다주기만 했는데 작년에 아버지가 돌아가시고부턴 소를 잡고 신을 짓는 갖바치 일까지 도맡았다.

아버지처럼 평량갓을 쓰고 거리에 나서면 지체 높은 사람, 잘 차려입은 아이들, 거들먹거리는 양반 떨거지들 가릴 것 없이 만나는 놈마다 머리를 조아려야 해서 도망치듯 산길로만 다닌다. 화통골 부용산 하늘목장 오봉산 저수령 덕봉산 용비산 예천 읍내를 끼고 흐르는 산자락은 밟아보지 않는 곳이 없다. 짐승이 다니는 산길을 걷다 보면 나도 짐승이 아닐까. 천궁에서 망치에 죽어가는 소들과 내가 다를 게 있을까, 무릎으로 파고드는 국수나무 헝클어진 가지보다 더 빽빽하고 뒤엉킨 생각이 어지럽게 조여들었다.

그날 정달이는 예천 집강소 뒤 덕봉산을 넘어 서암산 봉수대로 넘어왔다.

"형님, 계십니까? 정달입니다."

봉수대나 연조_{아궁이}에도 빈의 모습은 보이지 않았다.

어디 갔을까.

고사_{庫舍:봉수대에 장작이나 땔감을 넣어두는 창고}에 있나?

곽빈은 잠깐이라도 봉수대를 비우지 않았다. 봉수대를 쓸고 연기에 그을린 연조 껍댕을 닦고 장작을 쌓고 하루 한 번 연조에 불을 피웠다. 아무 일도 없다는 신호다.

"화지에서 뭔 조짐이 보이만 바로 연기를 올리고, 바로 집강소로 달려와 알리라."

고사 안에서 들리는 소리다.

빈이 형님한테 하는 말일까. 원래 봉수대에서 일하는 사람은 셋이다. 한 사람은 망을 보고, 또 한 사람은 불을 피우고, 나머지 한 사람은 상주나 안동으로 급하게 기별하는 일을 맡았다. 급료도 나오지 않는 난리통이라 모두 도망가다시피 나오지 않고 빈이 형님 혼자 남아 봉수대를 지키고 있다.

"이 새끼야. 알겠나 모르겠나. 안다면 안다꼬 대답을 해야 할 것 아이가?"

다잡는 새된 목소리가 문을 박차고 나온다.

"집강소에 달려가고 싶어도 봉수대에 저 혼자뿐이라 자리를 비울 수 없습니다. 그리고 연기는 진짜 난리가 날 때만 피우게 되어 있는데요."

"야, 이 새끼 봐라. 야 이 새끼야. 저 동학꾼들이 예천을 뒤집어엎을라 카는데 그게 난리가 아님 뭐가 난리고? 진짜 난리?"

빈이 형님이다. 하늘목장으로 달려가 사람들을 데려올까. 너무 늦다.

진짜 난리. 그래 이 난리는 나나 빈이 형한텐 아무것도 아니다. 난리 나기 전이나 지금이나 뭐가 다르다고? 종해 형님은 왜 그렇게 악착같이 싸울까. 형한테 진짜 난리라도 일어난 걸까. '진짜 난리'란 말이 정달이 귓불에 달라붙어 떨어질 줄 모른다.

"이놈도 흉악한 동비네. 여러 소리 할 것 없데이. 이 새끼 집강소로 델꼬 가자. 거어 가서 족치만 바로 불겠지."

"나는 동비가 뭔지도 모릅니다. 그냥 봉화만 올리는 봉수꾼이에요."

"저 새끼 말 들을 것도 없다. 퍼뜩 묶어라. 화지나 용문 쪽에서 동비들 내려올지 모르니 빨리 집강소로 돌아가자."

정달은 가슴이 뛰고 머릿속엔 온갖 지도가 펼쳐진다. 나는 얼굴을 보이면 안 된다. 이유태한테 태사혜를 갖다 바칠 때 내 얼굴을 본 놈들이 한둘이 아니다. 저 가운데서도 나를 아는 놈이 있을지 모른다. 먼저 종해 형님한테 알리자. 혼자서는 안 된다.

등을 돌려 한 걸음 떼는 순간 고사 문이 벌컥 열린다. 다섯 놈이 와르르 쏟아져 나온다.

"저놈 잡아."

'저놈 잡아'란 말이 살이 되어 정달이 귀를 꿴다. 몸이 부들부들 떨린다. '저놈 잡아'는 말이 아니고 정달이를 향해 날리는 붉은 오라인지 모른다. 발목을 낚아챌 듯이 달려드는 말에 쫓겨 부리나케 달아난다.

단내 나는 밭은 숨소리 사이로 피울음이 바투 따라붙는다. 천궁에서 죽음을 껌뻑거리던 맑은 눈망울이 정달을 가로막는다.

나는 사냥꾼들이 죽음으로 몰아세워도 괜찮은 짐승이 아니다. 그런 짐승은 하늘 아래 어디에도 없다. 나는 내가 걸어가는 시간 마구 헝클고 아무 때나 불러 세워도 좋을 목숨이 아니다. 그런 목숨붙이는 땅위 어느 곳에서도 존재하지 않는다.

어딜 갈 생각도 없다. 이 땅에서 두 발 딛고 밀려드는 바람 맞고, 도도록한 산자락에 내려앉은 햇살 안고 사람들과 어울려 살고 싶다. 내 살갗 뚫고 들어와 이리저리 마구 헤집고 내 평생 잡도리할, '저놈 잡아'란 말에 꽁꽁 묶여 살기 싫다. 어림없어. 이 새끼들아.

정달은 2층 석축에서 아래로 몸을 날렸다.

빈이 형은 몸이 날랜 사람이다. 내가 다섯 놈을 달고 시간을 벌면 서악산을 손바닥보다 더 잘 아는 사람이니 어디론가 몸을 숨길 것이다. 내가 집강소로 끌려가면 봉수대에 나무를 댄 감천 초군들과 엮어서 동비로 만들 것이 뻔하다.

그곳에서 이유태와 그 집 집사 황 서방이라도 만나면 큰일이다. 마을로 몰려와 집뒤짐을 하고는 모두 불태워 버릴 것이다. 싸움을 두려워하는 자들은 눈에 보이는 모든 것을 태우고 묻어 버린다. 끝냈다고 믿는 순간 누군가 다시 돌아와 새롭게 싹을 틔우고 다시 결기를 세워 주먹을 모으는 것이 무섭기 때문이다. 그 터전을 없애 버린다.

정달이가 2층에서 몸을 던진 순간, '진짜 난리'가 뭔지 아직 잘 모르지만, 집 뒤란에 파놓은 깊고 검은 우물 속으로 빨려 들어가는 것 같은 느낌이 온몸을 휘감는다.

정달이 마당에서 다시 몸을 돌려 아래쪽으로 비스듬하게 걸린 서악사 가는 비탈길로 뛰어들 찰나 날아든 장창이 왼쪽 넓적다리로 날아와 박힌다. 정달의 몸이 듬성듬성 팥배나무가 선 산자락으로 고꾸라진다.

투닥투닥 급하고 어지럽게 따라붙는 발걸음 소리가 희미하게 쫓아온다.

4

하늘목장은 구름바다다.

땅에는 구름체꽃 흐르고 하늘에는 옅구름 내려온다. 목장 밭을 일굴 때 땅에 뿌리박힌 돌과 씨름하다 한 번씩 올려보는 하늘은, 잠자다 깨보면 머리맡에서 나를 내려다보는 할매 얼굴과 똑 닮았다.

산신당과 솔밭 도회소를 오가며 뛰어노는 아이들 소리는 검은 토시를 찬 사내들이 늘어서서 하늘목장으로 오르는 길을 물어뜯을 듯 지켜보든 말든 움츠려들지 않고, 폴폴 날아 하늘가로 퍼져 나간다.

오빠와 초군들이 지난 백중날 깎아 세운 산신당 옆 솟대가 하늘에서 들은 이야기 땅으로, 땅에서 들썩이는 바람 하늘로, 바지런히 물어 옮긴다.

작달비 같은 발길질이 내 몸을 훑고 지나가자 뜨뜻한 피만 나를 감쌌다. 읍실아지매와 우펑아지매의 '아이고, 아이고, 어째노.' 매기는 소리에 내 몸은 상여처럼 붕붕 떠서 하늘목장으로 오른다. 아침 햇살에 벌어지는 자귀나무 이파리같이 하늘목장이 눈을 흡뜨고 나지막이 내려앉아 나를 바라본다.

눈 깔고 고개 숙이고
집강소 아전 나부랭이 고함 소리에 묶인 발길
무식한 천출 백정 초군 비아냥거리는 소리에 기죽고
시키는 대로, 가라는 대로, 보라는 대로, 재갈 물린 입길
보다 못해 듣다 못해
가만가만 혼자서 읊조리는 말 말 말
말 돌자 켜켜이 쌓인 한숨
노래로 터져 나오고
구름으로 피어오른다

몸은 떠나왔어도 생각 머물며 내 숨결 듣는 곳, 뱃속 굽이굽이 똬리 틀고 앉아 나를 치받으며 괴롭히는 걱정 내려놓고 잠깐 웃는 곳, 꾀죄죄한 하루가 어제처럼 오늘도 기지개 켜도 설렘으로 반기는 하늘로 오른다. 잰걸음으로 달리듯 오른다. 배를 감싸 쥐고 죽자 살자 오른다.

산수유
개나리
진달래 봉오리
산그림자에 갇혔어도
톡톡 토도톡 톡톡 탁탁 쭈뼛 뾰족
꽃봉오리 밀어 올리듯이
맵짠 겨울 살갗 찢고 썩 나서는
초군들과 나는 손잡고 따라오는 늑대를 달고 뽕밭으로
들어가 숨는다

오빠와 초군들이 나를 찾아 하늘목장 이곳저곳을 누비는 발소리가 들린다.
두런두런 이야기 소리에 나는 뽕밭에서 뛰쳐나가 '오빠, 오빠' 부르지만 목소리는 속으로 갈라지고 입 밖으론 나오질 않는다.
더는 무섭지 않고 춥지도 않다. 참을 수 없는 졸음만 몰려온다.

뱃속에서 누군가 희미하게 웃으며 톡톡 발길질로 나를 깨운다.

"강릉 쌍옥봉 아래 한 사람이 있었으니 성은 이씨요, 이름은 춘백이라"

이야길 들려주는 건 어른이지만 새로운 이야기로 문을 열어가는 건 아이들이다.

나는 엄마가 읽어주는 《강릉추월전》 속에 책갈피로 꽂힌 채 오빠와 규선이를 기다린다.

내가 쓴 수많은 격문과 통문과 이야길 쥐고 오빠와 규선이 걸어간 그곳을 나도 천천히 따라가 본다. 규선이 팔장을 끼고 석관천을 건너 내성천을 지나 학가산을 넘는다. 종해 오빠와 화통골로 들어가 늑대 대장 흰돌이를 부른다. 꽃재 넘어 석문리 한걸이에게 달려간다.

"종선아, 괜찮아?"

"괜찮아."

괜찮다고 말해도 잇달아 묻는 얼굴들.

"괜찮다고, 나 괜찮다니까."

번쩍 눈 뜨니 검은 걸음이 나를 뒤따른다.

찢어진 실눈은 살에 파묻혔고 귀는 접혀서 관자놀이에 붙어 있다.

'켈켈켈.'

입에는 야비한 웃음소리 흘리며 쫓아온다. 붕붕붕 솥뚜껑 같은 주먹을 머리 위로 휘두르며 나를 바투 쫓는다.

함께 달리던 규선은 모습을 감추었고, 희미하게 나를 깨우던 오빠 목소리는 더는 들리지 않는다.

검은 적삼은 내 삶의 찌꺼기마저 게워내려는 수작인지 지나온 발자국을 톺아 뒤집고 밟아 뭉갠다.

"겨우 초군 우두머리 핏줄인 주제에 언문으로 예천을 흔들어보겠다고 겁 없이 우쭐거리는 년."

낄낄 비웃으며 부서진 내 시간 조각을 저들 멋대로 꿰맞춘다. 낫을 갈아 긴 막대에 꽂아 창처럼 휘두르는 놈은 빼족빼족 돋은 내 성질을 모조리 잘라낸다. 검은 토시 찬 사내들이 족제비처럼 몰려와 하늘목장의 여유로운 고샅길을 닦달하고 재우친다.

"이년, 우리가 대대로 층층이 쌓아 차곡차곡 늘어 세운 높낮이를 니년 멋대로 허물겠다고?"

다시 발길질이 날아오고 검은 갈고리 같은 손이 내 몸을 휘감고 쥐어짠다. 억세게 움켜진 손길을 비틀고 겨우 빠져나오자 어디서 아기 울음소리가 터진다. 나는 내성천 바닥에 배를 뒤집고 죽은 흰수마자처럼 사지를 늘어뜨리고 정신을 잃는다.

날개를 접은 흰꼬리수리가 도회소 앞 들마루에 놓인 종선의 붓을 물고 부용산 자락을 넘어 석관천을 지나 내성천으로 날아간다.

불당 끝 화통골에 줄지어 선 늑대들이 운다.

5

정달이는 밤에 불 없이 지냈다. 걸음마를 할 때부터 그렇게 컸다.

백정마을에 밤이 오면, 어둠을 밝히는 불도, 너와 나를 잇는 말도 모두 잠을 자야 한다. 빛과 말은 백정마을에 있어서는 안 될 것들이다. 불은 오로지 천궁에서만 빛났다. 정달은 온 마을이 캄캄한 자루 속으로 빨려 들어가는 것 같은 어둠이 싫었다.

삶에 날갯죽지가 물린 달구새끼 퍼덕거리는 소리만이 퍼져나가는 밤이 무서웠다.

　백정마을에서 큰길을 버리고 예천 읍으로 가자면 반드시 부용봉을 넘어야 했다.

　아버지를 따라 산길을 익힐 때 길을 나서면 종선네 집에서 꼭 쉬어갔다. 서동댁은 정달이가 종선이와 동갑내기라며 쳐다보는 눈길, 부르는 손짓이 남달랐다. 젖먹이일 때 엄마를 잃은 정달은 서동댁을 엄마처럼 따랐다. 종선이와 남매처럼 어울렸다.

　해거름 할 때 몰래 화통골을 넘어 부용봉 아래 종선이 집으로 파고드는 일이 잦았다.

　종선이 엄마의 글 읽는 소릴 들으며 잠이 들었다. 종해방에서 자다가 새벽 희붐할 때 길을 되짚어 해를 업고 마을로 들어서면 잃어버린 빛을 되찾아 돌아가는 으쓱한 기분이었다.

　서동댁의 또랑또랑 글 읽는 소리에 모여든 아지매들 말소리는 따뜻하게 정달을 품었다.

　처음에는 정달을 닦아세우던 아버지도 정에 굶주린 아들 손에 육포며 소기름과 소가죽 신발을 들려 보내곤 했다. 정달은 무람없이 드나들었고 정으로 피 한 방울 나누지 않은 식구가 되어갔다.

　정달이는 캄캄함에 익숙한 밝은 눈으로, 서악산을 노려

본다.

　날이 새기 전에 피해야 한다. 발자국처럼 남긴 핏자국을 쫓을 것이다.

　야차 같은 발소리를 따돌려야 한다. 어디로 피해야 할지 다급한 발걸음이 머릿속을 휘젓는다. 보름 전 함창 일본 태봉부대에 도축한 소고기 두 마리를 전해야 한다는 연락을 받은 적이 있다. 용궁현과 문경현에서는 고기를 찾을 수 없었고, 안동 관아로 연락이 왔는데 속현屬縣인 예천에 떠넘긴 것이다. 소문에는 전봇대를 세우는 왜놈 병졸들을 먹일 고기라고 했다.

　백정청에서는 정달이와 손치한 그리고 젊은 축 세 사람한테 그 일을 맡겼다. 그때 서악산을 넘는데, 산을 오르는 개울가에 시무나무가 줄지어 서 있고 조금 아래쪽으로 상여를 넣어두는 곳집이 자리했다. 시무나무는 나이를 먹어 무시무시하게 생겼고 곳집엔 밤이 되면 인으로 된 불빛이 사람을 홀려 낮에도 찾는 사람이 거의 없다고 한다, 손치한이 일러준 말이다.

　'이곳은 함창으로 넘어갈 때 그때 그곳이구나.'

　정달은 허리에 찬 말린 늑대 똥을 싼 헝겊을 풀었다. 오른쪽 무릎 아래를 동여매고 왼다리로 땅을 밀며 귀를 바짝

세워 사방에서 날아오는 소리를 간추렸다. 아주 천천히 몸을 곳집 쪽으로 미는 순간 희멀건한 물체가 곳집 뒤에서 나오는가 싶더니 이내 모습을 감춘다. 머리가 쭈뼛 선다. '뭐야? 이제까지 나를 지켜본 게 틀림없다. 아니야. 내가 잘못 볼 수도 있잖은가.'

곳집까지 기어갈 수도, 뒤로 물러날 수도 없다.

정달은 어른 팔로 두 발은 되어 보이는 시무나무 밑동으로 몸을 피했다. 가까이 가니 밑동이 동그마니 뚫려 있다. 몸을 욱여넣는다.

밖에서 보이지 않도록 둥그렇게 뚫린 구멍 안쪽으로 몸을 바싹 붙였다. 이런! 물미장이 나무 구멍 앞에 비스듬히 놓여 있다. 경황이 없어 놓친 모양이다. 희미한 발소리가 들린다. 내가 기슭으로 몸을 굴러 내려올 때 이놈들은 내 몸을 보지도 못했을 것이다. 따라오는 거리가 꽤 있었다.

산기슭 길을 돌아서 내려올 텐데, 벌써 나를 따라잡을 리 없다. 그러면 아까 그 희멀건 형상은 뭘까? 내가 늑대나 산짐승을 잘못 본 것일까.

분명 뒤꿈치를 들고 걷는 발소리였다.

밖을 살피고자 허리를 살짝 들었더니 찢어진 허벅지가 생살을 찢듯이 확 잡아당긴다.

왈칵 뿜어져 나오는 비명을 눌러 삼킨다. 땡삐에 쏘인 것처럼 쓰리고 따끔거린다.

'타닥!'

다시 한 번 발소리다.

팽팽한 공기가 작은 구멍에 꽉 차오르며 정달을 짓누른다. 그렇게 호벼 파던 넓적다리가 몸에 달렸는지 떨어져 나간 건지 감각이 없다. 신경은 귀와 손끝으로만 몰려 어둠을 낱낱이 헤아리기라도 할 듯 벌벌 떤다.

누군가 발을 밑동 속으로 스윽 집어넣는다,

"정달아."

"누, 누구요?"

"나, 빈이다."

팽팽한 긴장이 주저앉자 허리가 푹 꺾이며 몸이 앞으로 고꾸라진다.

검은 토시 찬 사내들은 정달이를 따라 석축 아래로 난 길로 달렸고, 한 놈은 곽빈을 지키느라 남았단다. 곽빈을 묶으려고 뒷춤에 찬 오라를 꺼내려고 손을 뒤로 돌리자말자 곽빈의 두 발이 그놈 가슴팍으로 날아들었다. 뒤로 넘어간 놈이 곽빈한테 눈길을 놓치지 않으려고 목에 힘을 주고 얼굴을 세우자 발을 모아 앞지르기로 뾰족한 턱을 날렸단다.

그러곤 곽빈은 봉수꾼만 아는 새 을乙자 길로 곳집으로 내달렸다.

그 길은 봉수꾼들이 봉수대에서 받은 신호를 예천으로 안동으로 알릴 때 큰길로 이어지는 지름길이다. 지름길 바로 아래 곳집이 있었다. 봉수꾼은 봉수꾼 길이 있었고 나무꾼은 나무꾼만 아는 길이 있었다. 간혹 가다 늑대는 만나도 사람은 보이지 않던 그들만의 길이 있었다.

지금 하늘목장으로 오르는 길은 저놈들이 틀어막았을 것이다.

화지로 가서 기다리자. 정달이는 오른쪽 어깨를 곽빈에게 내어주고 왼손엔 곽빈이 쥐어준 물미장을 짚고 다리를 절며 지고개를 넘는다.

지난 해 7월. 도쿄대학 혼고 캠퍼스 종합박물관 수장고에서 비밀문서 4점을 발견했다.

두 번째 문서는 가와카미 소로쿠 참모차장한테 보내는 편지 글이다. 보고서 초안인지 중간에 지운 자국, 가필한 흔적이 보인다.

이치지 고스케 1월 26일 보고서

그날 건청궁 옥호루 여우사냥은 오히려 쉬웠습니다. 별것 아니었다고 말하기는 뭐하지만. 지난 보고서에서 말씀드린 대로 조선은 늑대나라입니다. 태산준령을 달리는 늑대는 숨지 않고 도망만 다니지 않습니다. 그래서 어렵지요.

지난 12월 30일 19대대 총지휘관 미나미 고시로가 늑대 사냥을 끝냈다는 보고서를 올렸다는 소식을 들었습니다. 늑대 대장을 잡았다고 보고했다지요. 늑대무리 대장은 앞장서지 않습니다. 뒤에서 살피죠.

제가 파악한 바로 조선늑대는 아직 2,000마리나 더 살아남아 비행장, 전신주 가설 공사판, 인가를 가리지 않고 나타나 해를 입히고 있습니다. 예천 보문 기곡리와 화통골은 한반도 늑대 주요 서식지입니다.

늑대를 유해야생동물_{有害野生動物}로 지정해 주십시오. 그리고 당장 토벌에 나서야 합니다.

그렇지 않으면 황소가죽으로 된 군화를 신고 만주와 한반도를 누비는 우리 장병들 발목이 다 날아갈 것입니다.

매섭게 몰아치는 된바람을 몰고 오는 늑대 울음소리에 벌벌 떨며 주저앉고 말 것입니다.

늑대는 서식지를 정할 때 물과 은신처 그리고 달콤한 오디가 나는 뽕밭이 있는지 살핀다. 둘레에 토끼길이 있나 없나 따위 환경도 둘러보지만, 황소를 키우는 마을이 가까이 있느냐를 따진다.

제 2 부

6

감천 장터는 부용봉 오르는 소로小路 앞에서 곧게 뻗어 내려 석관천이 내성천과 만나는 모퉁이에 선 늑대바위까지 1리쯤 되는 거리다. 땔감을 파는 시전, 쌀을 파는 싸전, 말린 산나물과 버섯을 파는 채전, 그릇을 파는 유기전을 지나면 고약을 팔고 침을 놓는 배약국 옆에 《한양전》, 《홍길동전》, 《강릉추월전》, 《조웅전》, 《임경업전》, 《장화홍련전》 따위의 언문 소설을 읽어주고 책을 빌려주는 서쾌가 자리 잡았다.

그 뒤로 석관천까지 솥을 걸어 놓고 전이며 국수를 파는 주막거리가 늘어섰다. 장터는 풀어놓은 닭이 장꾼들 발뒤꿈치를 따라다니며 먹을 것을 노리고 아이들은 장 구경을 하다가도 장난기가 일어나면 그런 닭을 훌치며 시간을 쫓는다.

해가 늑대바위에 노루꼬리만큼 걸리자 장터에 부용산 산 그림자가 뒤덮는다.

산그림자가 일렁거리는데 주둥이 뾰족한 늑대가 와르르 뛰쳐나온다.

'야야, 이게 무슨 일이로?'

장꾼들이 행여 늑대한테 물릴라 몸을 엉거주춤 뒤로 물리며 눈은 일제히 지나가는 늑대무리에 올라탄다. 잿빛으로 꼬리에 꼬리를 물고 늑대 여섯 마리가 주막거리 쪽으로 내달린다. 장닭이 날개를 치며 장꾼들 사이로 날아오른다. 다그닥다그닥 말발굽 소리가 늑대를 따라붙는다.

'컹컹, 다그닥다그닥, 와아!'

늑대를 쫓는 개와 말과 몰이꾼 소리가 천둥처럼 들이닥치자 아이들이 닭처럼 흩어지고 엄마들은 아이들을 부르고 찾느라 장터는 전쟁터로 바뀌었다.

말은 두 필.

구영자鉤纓子:벼슬아치 갓끈을 다는 데에 쓰던 고리 갈고리를 달아 위 고리는 갓끈에 달고 아래는 갓끈의 고를 꿰어 갓을 눌러쓰고 검은 말을 호기롭게 부리며 늑대를 쫓는 자와 말머리 하나가 빠질 정도 거리를 두고 바싹 뒤에 따라오는 자, 평량갓을 썼다.

눈이 어두워 앞을 보지 못하는 강곡댁 대신 국밥을 가지러 온 옥이가 솥단지에서 펄펄 끓는 개장국을 한 그릇 받아 들고 한길로 돌아선 순간 늑대가 바람을 갈랐다.

정신이 아뜩한 옥이는 개장국을 쏟는 줄도 모르고 털썩 주저앉고 말이 발굽을 하늘 위로 번쩍 들며 쫓아온다. 옥이는 돌덩이같이 내려오는 말발굽을 보곤 무릎에 머리를 파묻고 괴성을 터뜨린다. 놀란 강곡댁이 손으로 말발굽을 받아 쥘 듯 뛰어들며 울음 섞인 비명을 지른다.

"옥아!"

말이 푸르르 울더니 한 뼘이나 될까 옥이 머리를 가까스로 비켜나 철퍼덕 고꾸라진다.

말 탄 사내는 국밥집 옆에 쌓은 닥나무 껍질을 벗기고 땔감으로 쌓아놓은 휘추리 더미에 처박혔다.

뒤따라온 몰이꾼들이 나무에 파묻힌 사내를 일으킨다.

"이 영장, 괜찮니껴?"

부축하는 손길을 거칠게 밀어내며 일어나는 사내 눈에서 불꽃이 붙는다.

사내는 실눈을 뜨고 볼을 실룩거리며 쓰러진 말 둘레를 돌며 살핀다. 말 엉덩이에 꽂힌 낫 한 자루가 파르르 떨고 있다.

"어떤 놈이로? 내 말에 낫을 던진 놈. 얼른 앞으로 나온나."

"아이가 말발굽에 밟혀 짓이겨질 뻔했습니다."

맨 상투에 갈고리 같은 손을 가진 사내의 손에 또 한 자루의 낫이 들려 있다.

멀리 늑대바위에서 누군가 장터 쪽을 한참이나 지켜보더니 자취를 감춘다. 사람인가 늑대인가 가늠이 되질 않는다. 사내는 말 주인이 한 말에 대꾸도 없이 늑대바위에 시선을 꽂고는 우뚝 서 있다.

뒤따르던 몰이꾼들이 말 엉덩이에 꽂힌 낫을 빼내곤 맨상투 사내를 꿇어앉힌다.

찌그러진 갓을 벗어던진 사내가 달려오더니 분에 못 이겨 꿇어앉힌 사내의 배를 사정없이 내지른다. 한 번, 두 번 퍽퍽 소리가 난다. 멀리서 늑대들이 화통골이 떠나갈 듯 운다.

"저놈을 묶어. 얼른 돌아가자."

"영장 어른, 그 젊은이를 풀어주소. 그 사람 아니었으면 저 아이가 꼼짝없이 말발굽 아래 짓밟혔을 거요."

눈매가 깊고 다부진 몸을 가진 장꾼 하나가 악에 받친 영장 말을 가로막고 나선다.

'니놈이 내가 누군줄 모르는구나. 늑대를 잡아 나랏님한테 바치려는 일을 감히 파투내고 괜찮을 성싶나?'

"아이가 말발굽에 짓밟혀 죽어도 상관이 없단 말이오?"

"뭐하노? 이놈도 묶어라."

이유태가 길길이 날뛴다.

마른 바람이 분다. 장꾼들은 군데군데 숨어서 일이 어떻게 돌아가는지 장터를 떠나지 않는다. 겹겹이 둘러싼 장꾼들 눈길 뒤로 늑대 우는 소리가 바람처럼 에워싼다.

"니놈 이름이 뭐로?"

"금당실 사는 전기항이씨더."

"전기항. 전기항이라. 단오 씨름판에서 황 서방을 내다 꽂았다는 그놈인가."

삐죽삐죽 머리를 산발한 놈들이 하나둘 모여든다. 유태 머리가 복잡하게 돌아간다. 몰이꾼들은 감천 아니면 상리 놈들이다. 지금 유태 뒤를 지키는 듯싶지만 캄캄해지면 하나둘 몸을 숨기고 사라질 것이다. 꿇어앉힌 사내와 이유태와 전기항이 늑대바위를 향해 일렬로 서 있다.

"저 사내를 풀어주소. 그러면 장터에 함부로 말을 몰고 들어와 아이를 죽일 뻔한 일, 몰이꾼을 모아 늑대 사냥에 나선 일 그리고 죄 없는 사람을 묶어서 사형私刑을 가한 일을 관아에 고하지 않겠소."

"흐흐흐흐, 관아에? 니놈이. 나를."

말을 꼭꼭 씹어 먹듯이 한 자 한 자 으깬다.

"내가 예천 관아를 먹여 살리는 이유태란 말이다. 이 무지랭이 같은 놈아. 뭐하느냐? 당장 묶어라."

백재봉과 느티나무 밑동 같은 몸을 가진 놈 서넛이 기항을 둘러싸듯이 다가서자 기골이 장대한 사내 넷이 전기항 앞으로 나선다.

"형님을 잡아가려면 잡아가 봐라. 내하고 붙어보자."

60

전기항보다는 키가 머리 하나 정도는 키가 큰 사내가 재봉이 쪽으로 저벅저벅 걸어간다.

'그래, 그놈들이구나. 이태 전 용궁 신평에서 금당실로 왔다는 그 형제들이구나. 단오날 금당실 씨름판에서 우리 집 황 서방을 내다꽂고 검정소를 끌고 간 놈들이 맞구나. 용궁에서도 이놈 형제들을 당할 자가 없었다고 홍이가 귀띔했지.'

낫을 던진 놈을 잊을 뻔했다.

"네놈 이름이 뭐로?"

이유태가 눈을 깔고 천천히 입을 연다.

"감천 사는 이종해요."

"뭐하는 놈이냐?"

"초군이요."

전기항 형제들의 눈길이 종해한테 날아든다.

"니놈이 낫을 날려 내 말이 쓰러졌데이. 낫독이 깊으만 죽을 수도 안 있나. 비싼 내 말을 저 지경으로 만들었는데, 니를 가마 놔둘 순 없다. 니놈 집으로 가자. 니놈 집에 있는 세간이 있을동 몰따만은 말값이 될만한 건 내가 가지고 가야겠다. 없으만 니 처자식이라도 끌고 가야 내 분이 풀릴따."

"……."

“왜 말이 없노? 앞장서서 네놈 집으로 가든 동, 당장 오라를 받든 동 니가 알아서 해라.”

강곡댁 시어미 양동댁이 유태 앞에 무릎을 꿇는다.

‘나오리, 오늘 장날 들온 돈을 다 드리지요. 앞 못보는 지어미한테 국밥 한 그릇 갖다줄라카다가 우리 옥이가 저세상으로 갈 뻔했니더. 저 아이가 없으마 쟤 어미나 할미인지는 못 사니더. 지가 가진 것을 다 드릴 테니 종해를 풀어주소.’

장꾼들 눈이 동그랗게 유태를 조여든다.

“돈이 그클 많다던데 웬만하면 풀어주지”

“그케 말이따. 을라가 죽을 뻔 했는데 말값을 받아야 된다꼬? 참말로 야박스럽데이.”

“돈 번 사람은 뭐가 달라도 다르데이. 뭐라도 손해 보는 짓은 안 해야 저래 벌지.”

“니 인마! 무슨 말을 그래 하노? 저게 버는 기가? 그냥 빼앗는 거지.”

“근데 감천에는 왜 왔다노? 늑대 사냥하러 온 것 같진 않은데. 여어도 땅이 있는 모이쎄.”

“간평하러 왔단다.”

“간평이 뭐로?”

“나락이 영글만 논으로 댕기믄서 세금 매기는 것 말이다.”

"그러이 또 돈 뜯으로 온 거쎄."
장터가 운다. 유태가 소리를 지른다.

"구경났나? 마카 집으로 가라. 그러고 전기항이, 이종해
니들은 말이따. 앞으로 예천에서 농사짓고 나무 팔아먹을
라만 나서지 말고 조요이 조요이 지내는 기 신상에 좋을 끼
다."

백재봉이 이종해 얼굴을 사진 찍듯이 찬찬히 훑어본다.
종해 오빠와 전도야지 형제들은 그렇게 만났다. 내 동무 옥
이 목숨을 사이에 두고서.

●

늑대는 사람과 남달리 지낸다. 자기를 구해준 사람한텐
늑대뿐 아니라 모든 짐승이 그렇다. 오빠가 늑대 대장 흰돌
이를 구한 그 뒤로 내 눈에도 늑대가 보였다. 마당을 걷고
바람을 맞고 느티나무를 안을 때 늑대가 옆에 어슬렁거렸
다. 울음소리가 달랐다. 흰돌이가 나타나기 전에 화통골 모
든 늑대들이 길게 두 번 운다. 그러곤 까마귀가 난다. 석관
천 개울가에 달뿌리풀이 흔들리면 늑대가 온다는 신호.
새벽 뽕밭에 뽕잎이 와사사 울면 늑대가 왔다는 소리였
지. 이제 나도 그 정도는 알아들었어.

“종선아, 늑대가 다니는 길목을 꼭 알아둬.”

“오빠, 그걸 내가 왜 알아야 해?”

“그 길목을 따라가면 살 길이 보이거든. 네가 아주, 아주 말이야 무서운 일을 겪거나, 그런 사람을 만나면 그 늑대가 다니는 길을 따라가.”

“호호호. 오빠. 난 지금 사람보다 늑대가 더 무서운 걸.”

“종선아, 사람은 뭐로 사냐?”

“글쎄. 갑자기 뭔 말이래?”

“몰라? 하하하, 네가 가장 좋아하는 건데.”

“이야기?”

“그래. 이야기 없는 사람이 있니? 다 저마다 이야기 한 자락 품고 사는 거지.”

“사람이 이야기로 산다고?”

“그렇다니까. 사람은 이야기로 살고, 곡식은 흙으로 살고, 늑대는 길을 만들며 살아.”

“늑대는 자기들이 가는 늑대 길만 만들 거 아냐? 늑대가 우리 사람 길까지 신경 쓰진 않을 텐데.”

오빠가 나를 너무 얕잡아보고 아무 말이나 막 던지는 것 같아 나는 잽싸게 한 방 날렸다.

“종선아, 영주에서 우리 마을 감천까지 오려면 어떻게 오니?”

“아버지한테 듣고 오빠도 어릴 때 맨날 해 준 이야기잖

아. 두월리에서 내려와 멱실, 기곡리, 우래에서 옥계천을 따라 늘대바위 지나 올라오면 되지. 나도 그 정도는 안다.”

언젠가 임홍 오빠한테도 들었던 이야기다. 가보진 않았지만 우리 마을 아지매들도 다 아는 이야기다. 나는 내가 가본 것처럼 술술 풀어냈다.

“와, 제법인데. 맞아 그런데, 그 길이 말이야. 늑대가 다니는 길과 똑같다고.”

“사람이 다니던 길을 늑대가 따라다닌 게 아니고?”

“아니야. 사람은 애초에 못 다니던 길이었어. 내가 나무하러 갈 때 늑대 뒤를 밟아서 따라가 봤거든. 늑대가 우리한테 길을 열어준 거야.”

오빠가 오늘은 나한테 져 줄 생각이 없어 보인다. 늑대이야기에 신이 났다. 져 주는 게 아니라 저런 말을 할 땐 오빠가 확실하게 뭔가 알아냈다는 신호다.

종해 오빠와 초군들은 나무를 베어다 나무전에 팔아 살아간다.

초군은 머슴이나 계집종 지아비와 다름없이 품을 팔기 때문에 가난한 백성을 도와준다는 진휼도 받지 못한다. 환곡을 받지만 가을에 갚아야만 한다.

오빠는 금당실 전도야지와 구렬 이 생원을 비롯해 용문 일대에 땔나무_{시초柴草}를 대는 상리 초군 우두머리다. 쇠갈고리와 같은 열 손가락으로 봄여름가을겨울 4계절 불어오는 산바람을 맞아가며 나무를 베고 구워 숯을 지고 나무전골 목길을 누빈다.

이유태의 말발굽에서 옥이를 구해주고 화퉁골 늑대 우두머리 흰돌이를 구해준 그날, 그 인연으로 농사를 제법 짓는 전도야지 집 단골이 되었다.

"니 나무 얼마나 파노?"

"뭐 그때그때 다르지요. 어르신이 다 사줄라고요?"

"나무하러 날마다 가는 거 아니만 나와 함께 하늘목장 개간 한 번 해보자. 니도 나이가 차가는 데 나뭇단이나 지고 유민처럼 떠돌 수도 없는 노릇이고."

"⋯⋯."

"왜 말이 없노?"

"밭 일구는 거야 문제없지만 그 뒤는 어떻게 합니까? 한 해 동안 손톱이 빠지도록 돌을 주워내고 밭 갈아 다행히 곡식이 열려도 작은 항아리 하나 채우지 못합니다. 가을이 되면 포를 거두고 겨울엔 봄에 갚아야 할 환곡 받느니 그냥 나무 파는 게 나을 것 같아서요. 다 빼앗기는 판에 묵힌 논밭을 뭐 할라고 또 일군단 말입니까? 군리들이 홀랑 털어갈 텐데.

그냥 나무하다가 안 팔리면 편케 앉아 쉬는 게 우리들한테는 훨씬 나을 것 같은데요."

"종해야, 지난번에 이유태 산지기한테 쫓겨서 산비탈에 구르다 다리 부러진 니 동생 이야기 들었다. 산도 아니고 산자락에 선 감나무 사이 손갈퀴로 가랑잎을 끌다가 그리 됐다며?"

그 말은 또 어디서 들었는지, 아니지 벌써 소문이 짜하게 돌았을 터.

초군들은 산을 가진 양반과 대지주의 산 둘레에서 나무와 가랑잎을 끌어모아야 한다.

정초에 산지기한테 소나무값, 통행세를 내지만 틈만 나면 길을 막아서서 도끼나 낫을 뺏고 돈을 내라는 행패를 부린다.

묵은 밭진전陳田은 3년 동안 세금도 면제받고 계속 부쳐 먹을 수 있다는 전도야지의 설득으로 감천과 상리 초군들을 끌고 하늘목장에 달라붙었다.

평소 땔감을 대면서 알았던 용문사 두운과 명봉사 일초도 오빠가 끌어들인 승려다.

전도야지는 오빠가 예천 초군들 우두머리이자 풍기·단양 쪽 초군 좌상座上인 이백작과도 교류한다는 사실도 간파하고 있었던 것 같다.

그러나 나는 그 어른을 계속 믿어야 할지 말지 속마음을 짚을 수 없다. 가늠이 되질 않는다. 드센 전 씨 형제들 속으로 오빠가 빨려 들어가는 것 같아 마음이 콩닥거렸다.

7

신평고개 마루 넘어 쌍호리는 용궁전씨 집성촌이다.

한여름에도 추위를 느낄 만큼 고개가 높고 수풀이 우거진 곳이었지만 1892년 임진년은 가물이 온 고을을 불태웠다.

붉은 해가 산마루에 올라앉은 시각에도 더운 기운이 온몸에 덕지덕지 붙어 있다. 기항과 기태, 세진과 해진은 짙은 수풀 사이로 구불거리며 기어오르는 신평고개가 내려다보이는 범바위 밑에 멍석을 깔고 앉았다.

안평댁이 들에 갔다 돌아와 쪄서 채반에 내온 수꾸, 감자, 양대가 실미지근하다.

"아버지, 마을을 비우라는 게 뭔 말입니까?"

세진의 우렁우렁한 목소리 때문일까, 신평고개를 기웃거리며 일렁거리는 바람 탓일까. 다복다복 일어난 솔밭 솔숲이 살랑살랑 흔들린다.

"스무 해 전에 내가 딱 니 나이였지? 형님! 그렇지요? 세진이가 서른일곱 아닙니까? 영해작변 때 제가 딱 세진이 나이씨더.”

기항은 여전히 말이 없다.

“그때 말이다. 영해에서 난리가 났는데, 이 난리가 바람을 타고 이 고개를 넘어 문경까지 번진 기라. 우리 마을 한복판으로…….”

기항이 말을 내뱉다 무르춤해진다. 해진이 엉거주춤 일어선다.

“누가 이리로 올라오는데요.”

해진이 기항을 보며 아래를 가리킨다.

신평고개 마루에서 내려다보면 은근한 오르막길이 뱀처럼 굽이쳐 오른다. 200미터 정도를 걸어 울창한 솔숲을 지나면 범바위가 보이지만 거기서 50미터쯤 가파른 깔딱고개를 올라야 한다. 그 고개를 넘어서면 범바위 옆에 기항 형제 초옥이 나란히 서 있다. 범바위 앞이 너른 마당이라서 나뭇가리를 재거나 볕 좋은 날은 안평댁이 콩 바심을 하기도 한다.

범바위에서 내리막길로 5리만 더 내려가면 쌍호리다.

두 사람이 깔딱고개를 오르는지 잠깐 모습을 감췄다. 다른 곳으로 갈 데는 없다. 옆은 칡덩굴이 늘어진 절벽이다.

기항이 곰방대에 담배를 눌러 두어 번 빨아대자 50여 미터 앞으로 사내 둘이 다급하게 걸어온다. 작고 마른 키에

새하얀 귀밑머리만 보일 뿐 정수리에 머리숱이 없는 늙은 이였고, 옆에 선 사내는 거구에 힘깨나 쓰게 생긴, 세진이 보다 대여섯 살 위로 보였다.

등에는 봇짐을 지고 실팍한 참나무 물미장을 쥐고 있다. 물미장을 밀듯이 짚는 걸 보니 어딘가 불편해 보인다. 컴컴한 기운이 내려앉고 왜가리가 난다.

두 사람은 지나가며 기항 일가에게 눈인사만 슬쩍 건넬 뿐 멈출 생각이 없다. 빠른 걸음으로 범바위를 지나친다.

"어디로 가시는지는 모르겠지만 벌써 날이 저무는데 지금 가면…….”

기항이 말이 두 사람의 뒤통수를 붙잡는다.

"최경상 거기 섰거라.”

기항의 말이 채 끝나기도 전에 투닥투닥 발소리와 함께 고함이 날아든다.

언제 깔딱고개를 올라왔는지 육모방망이에 패랭이를 쓴 보부상차림의 사내 다섯이 달려온다.

이놈들은 보부상이 아니라 기찰꾼이구나. 기항은 바로 알아차렸다. 최경상. 최경상. 가만 그 사람? 기항이 이름을 톺는 그 짧은 순간에 다섯 놈이 범바위 앞으로 바싹 조여 온다.

"우리는 대구감영 포졸이다. 저 두 놈만 잡아가면 되니

네놈들은 썩 비켜서라.”

기항은 해진에게 두 사람을 피신시키라는 눈짓을 보내고 어깨를 겯고 기태와 길을 막아섰다.

“천둥, 니는 우리 뒤에 붙어라.”

아들의 태명을 불렀다. 싸우겠다는 신호다.

신평고개에 유민들이 들끓고 기찰꾼이 수시로 드나들 때부터 기항은 낯선 사람들 앞에서는 식구들 이름을 부르지 않았다.

말이 떨어지기 무섭게 기태가 멍석 위에 놓인 채반을 발로 걷어 올려 포교들 머리 위로 날렸다. 앞에 선 두 놈이 달려오며 육모방망이로 날아오는 채반을 걷어내는 순간 기항의 두발거리가 명치로 파고든다. 두 놈이 나뒹굴며 뒤따르던 세 놈과 엉켜 넘어진다.

해진이 두 사람을 데리고 집 뒤 모퉁이로 돌아가는 모습이 희끗 보인다.

기항과 기태는 뒷걸음으로 범바위 뒤쪽으로 천천히 물러나며 놈들을 벼랑과 이어진 마당 가로 끌고 나온다. 넘어진 포교 세 놈은 일어나며 기항과 기태에게 달려들고, 나머지 두 놈은 해진을 쫓아 초옥 쪽으로 내닫는다.

나란히 달려오는 세 놈을 끌고 바위 끝자락에 이르자 기태가 마치 왜가리가 날개를 펼치며 날 듯 긴 팔을 벌리고 셋을 향해 몸을 날린다. 억센 손으로 바깥쪽에 선 두 놈의 어깨솔기를 낚아채 잡고는 힘껏 밀면서 순간 몸을 빙글 돌려 세 놈의 가슴에 올라탄다.

씨름판에서 잔뼈가 굵은 기태가 밀어치기와 들배지기가 뒤섞인 기술로 밀어붙인다. 포교들은 넘어가지 않으려고 허리를 비틀며 용을 쓰지만 기태의 힘을 이기지 못하고 허물어진다.

양쪽으로 쓰러진 두 놈이 무릎을 꿇고 다시 일어설 찰나, 기항과 기태가 배 아래쪽으로 머리를 꽂아 넣을 듯이 밀고는 오른손으로 오금을 끌어당겨 마당 끝 어둠속으로 밀어 버린다.

가운데 섰던 놈은 넘어지며 범바위 아래 길게 늘어진 도도록한 바위 뿌리에 뒤통수를 찧었는지, 한참이나 지나서야 피를 흘리며 쭉 뻗은 팔다리를 꿈틀거리며 천천히 일어난다. 기항과 기태는 일어나는 포졸 허리에 손을 넣고 디딤널처럼 굽힌 무릎에 놈의 몸을 얹는 순간 다리를 쭉 뻗으며 생긴 반동으로 칡덩굴이 우부룩한 산비탈로 던져버린다.

"빨리 토굴로 가자……."

기항이 소리치는 순간 기태의 몸은 벌써 초옥 봉당을 밟고 올라선다.

두 형제의 힘은 아직도 어금지금하지만 날래기로는 나이가 20년이나 위인 기항이 아우를 따라잡을 수 없다. 기태

뒤에 바투 붙어 초옥을 돌아 뒤란으로 뒤따라 들어서니 기찰꾼 두 놈이 천둥과 해진을 눕힌 뒤 가슴을 노리며 육모방 망이를 하늘로 곧추세웠다.

"야, 이놈들!"

기항이 벼락같은 고함으로 육모방망이를 끌어당긴다.

먼저 기항과 기태를 잠재우지 않고서는 일을 매조지기 쉽지 않다는 걸 눈치챈 두 놈은 천둥과 해진을 버려둔 채 말을 몰 듯 육모방망이를 겨누며 두 형제에게 달려든다.

기항과 기태는 허리를 꺾듯이 옆으로 비켜서며 황소처럼 돌진하는 손칼을 두 놈 이마 한가운데에 불주먹을 찍는다. 나뒹굴어진 두 놈은 몸을 몇 바퀴 구르더니 겨우 일어나 깔 딱고개 밑으로 달아난다.

"안 그래도 농사짓기 힘든 판에 기찰꾼까지 건드렸으니 이제 신평에서 농사짓기는 다 글렀니더."

기태 입이 한 발은 나왔다.

기항은 집 뒤로 달려간다. 마침 초옥 두 채 사이 봉당에 봇짐을 진 사내가 나와 다리를 쥐고 앉는다.

"가만 다리를 저는데 마이 다쳤니껴?"

기항은 봇짐 사내를 보며 조심스럽게 묻는다.

"여기서 다친 게 아닙니다. 저 기찰꾼과 안평고개에서 한 번 부딪쳤지요. 휘두르는 창날에 복숭아뼈 바로 아래를 정 통으로 맞았습니다. 하하하."

봇짐사내는 아무렇지 않게 말하지만 슬쩍 보기에도 발목
위가 퉁퉁 부었다.

"여어, 보게."

기항이 안평댁을 부른다.

"지난번에 자네가 쌀뜨물에 달여 말린 토복령 안 있나?
그것 좀 얼른 우려 오게."

"미안합니다. 저희 때문에."

봇짐사내 뒤에 걱정스런 눈으로 서 있던 최경상이 다가
와 기항에게 고개를 숙인다.

"괜찮니더. 근데 우리 본 적이 있지요?"

기항이 봇짐사내한테서 눈을 떼고 곰방대에 담배를 담아
꾹꾹 누르며 말한다.

"글쎄요."

"신미년이었지요. 벌써 스무 해 전인데."

"네? 아 그럼, 그때도 이 고개에 사셨습니까?"

"그땐 저 아래 쌍호리에 살았지요. 난리에 마을을 지키자
꼬 우리 형제가 마을 초입인 이 고갯마루에 올라와 살고 있
지요. 내 동생이고 아들과 조카입니다."

기항이 기태와 세진, 해진을 손짓하며 인사 시킨다.

"폐를 끼칩니다. 2~3일 있으면 의성과 용궁에서 포교들
이 올라올 텐데 어떡합니까?"

"영해작변 뒤로 잠잠하다가 동학이 일어나니 포교와 기찰꾼들이 사나흘에 한 번씩 들이닥칩니다. 자랑이 아니라 우리 집안 자손들이 힘이라면 이 고을 어디가도 빠지질 않습니다. 이제까진 포교들도 별 일 없으면 그냥 지나갔습니다만, 이젠 꼼짝없이 묶일 형편이니 피해야겠지요."

"가실 곳이라도 있습니까?"
"예천 용문에 막내동생이 살고 있습니다."
용문이란 말을 듣자 안평댁이 준 토복령 달인 물을 마시며 봉당에 비스듬히 기대 있던 봇짐사내가 몸을 반쯤 일으킨다.
"금당실 말입니까?"
"예."
"그러면 이렇게 하면 어떨는지요? 제가 저 어르신을 모시고 한시바삐 풍양으로 가야 하는데 보다시피 다리가 이렇습니다."
바짓단을 걷어 올린 발목이 퉁퉁 부어올랐다.
"가시는 길에 저 어른과 함께 가주시면 어떨는지요. 풍양에 가면 사람이 나와서 석문리를 거쳐 금당실까지 모실 겁니다. 금당실에서 보자면 꽃재 너머가 바로 동로 석문리입니다. 금당실로 가시는 데 불편이 없을 겁니다. 인사가 늦었습니다. 저는 석문리 최맹순이라고 합니다."

“저 어른은 누구신지요? 우리 형님과 연배가 비슷한 것
같은데.”

기태가 나선다.

“네. 제가 모시는 집안 어르신입니다. 풍양 수산리까지
모서 주시면 참 고맙겠습니다.”

최맹순이 다시 한 번 허리를 깊숙이 숙인다.

어느새 밤이 밝아오고 범바위 위로 왜가리 한 마리가 어
둠을 흩날리며 날아오른다.

“혹시 금당실 사는 동생 분한테 하늘목장이라고 들어보
셨는지요? 거길 한 번 둘러보시고 금당실로 가면 더 좋을
듯싶습니다. 이유태란 자가 가뭄 끝에 이리저리 다니는 유
민들을 발도 못 붙이게 단도리한다니 그것도 잘 살피고 피
하셔야 합니다.”

최맹순이 빈틈없이 짚는다.

“그러면 오히려 우리가 너무 폐를 끼치는 거지요. 세진이
와 해진이는 풍양까지 이 어른을 모시고 가거라. 기태와 나
는 알아서 금당실 기성이네 집으로 갈 테니까.”

아들과 조카한테 당부한다.

“지금 요기를 하고 바로 떠나시는 게 좋을 것 같더. 그
리고 우리 집 뒤편에 토굴이 하나 있더. 쌍호리 집안사람
들도 잘 모르는 곳이니 거기서 며칠 계시다 다리가 다 나으

면 움직이는 게 좋을 것 같니더. 함부로 움직이만 클 나니더.”

기태가 다짐을 놓는다.

8

“어르신. 큰아버지한테 들으니 해월법사란 분이 신출귀몰하다고 들었습니다. 혹시 들어보신 적이 있나요?”

“허허허, 저도 잘 모르지만 귀신이 아닌 다음에야 어떻게 남모르게 나타났다가 감쪽같이 사라지겠습니까? 사람들이 온몸으로 덮어주고 길을 뚫어주니 그렇게 하는 거겠지요.”

해진이 앞장서 길잡이를 맡고 가운데에 최경상이, 끝에서는 세진이 두루 살피며 뒤따른다.

쌍호리 마을을 한참 지나 낙동강을 따라 회룡포로 가지 않고 삼수정과 쌍절각을 사이에 두고 왼쪽으로 꺾으면 고산리 마을이 나온다. 길이 가팔라지며 험해진다.

“어르신, 기찰꾼한테 왜 쫓기세요. 포교들이 따라다니면 무섭지 않나요?”

정이 많고 궁금한 건 입안에 두는 성격이 아닌 해진이 입을 다물질 않는다.

"해진아, 어르신 힘드실 텐데 그냥 쫌 조용히 가자."

세진이 말길을 막는다.

"하하하, 괜찮습니다. 그들은 제가 말을 지어내고 그 말로 늑대가 무리를 끌 듯 사람들을 이끈다고 생각하나 봐요. 그래서 저를 쫓아다니고. 쫓겨 다니는 건 참 무섭고 고단한 일이지요. 나를 그만 쫓아오면 좋겠는데, 그들이 맡은 소임이니 어쩔 수 없겠구나 생각이 들다가도 제발 그만 날 버려뒀으면 하는 마음을 갖고 살지요."

새소리도 들리지 않는 깊은 산길에 담담하게 이어가는 이야기 한 줄기 바람처럼 공기를 긋는다.

"그럴 때는 어떻게 하세요?"

"뭘 어떻게 하고말고가 없어요. 그냥 내 할 일만 하는 거지요."

"에이, 기찰꾼이 눈을 시퍼렇게 뜨고 뒤에 바싹 쫓는데 어떻게 일을 해요?"

해진이 아이처럼 동그랗게 눈을 뜨고 돌아본다.

"나를 조용히 바라봅니다. 사람 몸으로 들어가는 건 다 신령스럽고, 사람 몸 밖으로 나오는 건 다 조심스럽거든요. 내 몸에 어떤 신령스러운 기운이 들어가서 내가 하는 행동이 어떤 건지 톺아보지요. 나를 밝히지요."

무슨 말인가. 해진이가 단박에 알아듣기에는 너무 어려운 말이다.

세진이 형은 알지도 모르겠다. 해진은 나중에 세진한테 무슨 이야긴지 다시 한 번 물어볼 작정을 한다. 세진이 몰라도 큰아버지는 알겠지. 해진한테 큰아버지는 모르는 게 없는 분이다. 얽히고설킨 집안일이며 농사일도 쉽게 물꼬를 튼다. 날이 밝아온다.

삼강으로 흘러들어가는 낙동강 물소리가 점점 멀어진다. 멀리 견지봉이 보이고 수산리 들어가는 길이다. 수산리에서 견지봉 아래 왼쪽으로 길을 틀면 상주와 문경 가는 오솔길이 나온다.

"어르신, 농사도 못 짓게 하고 마을에서 쫓아내면 이 손으로 뭘 어떡하죠?"

말없이 한참 길을 열던 해진이 다시 입을 연다. 이번엔 이쪽으로 와 본 적이 없는 해진이 뒤에 서고 세진이 맨 앞에 서서 길을 줄여나간다.

"누가 농사를 못 짓게 하던가요?"

"어르신도 보셨잖아요? 관에서 나온 기찰꾼들이 있고, 주인 행세를 하는 아전과 육방관속들이 있고, 해마다 농사 지을 땅을 주네 맙네 하는 땅주인들이 있지요."

"농사를 지을 수 없다는 건 무슨 뜻인가요?"

해진은 어이가 없다. 이 어른은 내 물음을 꼬박꼬박 다시 돌려준다. 내가 몰라서 물었는데 왜 자꾸 되물을까.

해진한테 생각할 틈을 주려는 듯 한참이나 말이 없다. 셋은 앞만 보고 걷는다.

바람이 불고 날이 궂으려는지 잿빛구름이 몸을 감싸듯 내려온다.

"농사를 짓지 못한다는 건 누군가 내 것을 다 빼앗아간다는 뜻일 겁니다. 그들은 땅에서 난 콩이며 나락이며 우리가 산에서 딴 버섯이나 토복령 그리고 들에서 준 장끼며 산토끼까지 남김없이 거두어 갑니다. 농사짓는 사람만 잡도리하면 그만이란 생각입니다. 땅이 짓고 하늘이 짓고 비가 내려야 짓는 게 농산데, 사람만 족치면 저네들이 다 차지할 수 있다고 남들을 속이고 스스로도 속는 일입니다."

"에이, 그래도 사람이 짓는 게 농사죠. 뭐 땅이 있어야 짓는 건 맞습니다만."

세진은 앞에서 귀를 활짝 열고 듣는다. 해진이 '에이' 하며 토를 다는 걸 보면 이번에도 무슨 말인지 영 못 알아들은 눈치다.

"하물며 늑대도 농사를 짓습니다."

"에이, 늑대가 어떻게 농사를 지어요. 참 어르신도!"

'하하, 드디어 해진이란 놈, 잔뜩 골이 났구나.'

처음에 세진은 해진이 입 다물고 제발 조용히 가줬으면 싶었는데, 이제 점점 두 사람 이야기 속으로 빠져든다. 범

바위에 서서 신평고개 아래 해가 떠오를 때 희붐하게 밝아
오는 빛을 느낀다. 마음속에 여리고 여린 해님을 품고 있는
기분이다.

"뽕나무에 오디가 열리면 단것 좋아하는 늑대가 뽕밭으
로 나들이 오지요. 오디를 따먹는 늑대를 여러 번 봤습니
다. 하하! 이들이 똥으로 산 곳곳에 뽕나무를 심습니다. 농
사를 짓되 늑대는 모릅니다.
　늑대가 저희들이 농사짓는 걸 모르듯이
　하늘 한 번 올려보지 않고
　흐르는 강물 소리 한 번 들어보지 않고
　쟁기질, 호미질 하는 농군 손 한 번 들여다보지 않고
　꽃가루 나르는 벌 나비 날아들면
　그저 손부채로 쫓기 바쁜 족속은,
　탐욕으로 가린 눈길은, 아무것도 못 보지요.
　누가 농사를 짓는지 모르지요.
　이 '한 번'이 참으로 정성이 깃든 기도거든요."

하늘 위로 참매가 난다. 귀를 열고 앞서 묵묵히 걷던 세
진은 뜬금없이 이 어른과 막걸리 한 사발 나누며 오랜 시간
품었던 고민을 털어놓고 싶은 마음이 솔솔 일어난다.

"여러분은 날마다 하늘 보고, 땅을 밟고, 물길 흐르는 것을 살피지요.

그래서 저들이 아무리 빼앗고 막아서도 여러분은 빼앗기지 않고 그들을 지나 앞으로 나갈 겁니다. 농사를 못 짓게 억지로 막더라도 농사는 지을 수 있을 겁니다. 땅이 짓고, 해도 짓고, 바람도 짓고, 사람이 거들고 이 모든 것이 돌아가면서 농사를 짓는 거지 그 사람들이 농사를 못 짓게 한다고 못 지을 농사가 아니지요. 농사는 하늘과 어울려 짓는 거니까요."

"어르신도 농사를 지어보셨나요?"

세진이 처음으로 입을 뗀다.

"그럼요. 저도 농사꾼입니다."

'농사꾼이라.'

세진은 이 어른이 농사를 짓는지 농사짓는 이치만 따지는지 가늠이 되질 않는다.

해진은 이 어른이 무슨 말을 하는지 알 것 같기도 하다가, 무슨 말인지 도통 알아듣지 못한다. 시원하게 가슴이 열리다가도 답답한 기운이 훅 치받쳐 오르는 열을 어찌할 수 없다.

"어르신, 여기서 어느 쪽으로 가야 하나요?"

길이 끊겼다.

세진이 기항을 따라 상주까지 가본 적이 있는데 옛날 기억을 더듬었지만 낯설다. 견지봉 아래인데 논배미가 들개들개 얹혀 비탈을 이루었고, 논배미가 끝나는 언덕 뒤로 대나무가 빼곡하게 들어차 보인다. 저기까지 오르려면 논배미를 밟고 가는 수밖에 없을 것 같다.

대나무를 가리키던 최경상은 몸을 돌려 해진의 손을 잡고 말한다.

"'이 손으로 뭘 할 수 있을까.' 물었지요? 손은 마음이 부르면 달려갑니다. 조화를 부리는 수단이지요. 신령스런 마음이 깃들게 하는 쓰임새를 부리지요. 그러니 걱정하지 않으셔도 됩니다."

최경상이 꼭 큰아버지처럼 웃는다.

"저희는 아무것도 가진 것이 없는 걸요?"

"원래 없는 뒤에 있는 것이고, 있은 다음 없어지는 것이니 무가 유를 낳습니다. 빈 데서 생김새와 모양새가 빚어집니다."

'뭔 말이야!'

해진은 아무래도 말뜻이 또렷하게 집히질 않는다.

"그 하늘목장이란 곳에서 우리 식구들도 농사지을 수 있을까요?"

콕 집어 물어본다.

세진은 신기하다. 그저 씨름판에서 힘만 쓸 줄 아는 아이인 줄 알았는데 이렇게 농사를 지을 궁리가 숨어 있는 줄은 몰랐다. 해진은 힘이 장사다. 작은아버지인 기태보다 힘이 뛰어난 것 같다. 아버지 기항을 따라가진 못하겠지만. 이제 용궁, 의성 씨름판에서 해진을 당해내는 자가 없을 정도다.

"농사를 지을 수 있지요. 농사를 못 짓게 하는 건 천도를 막는 일이잖아요. 이들을 물리치고 나를 밝히세요. 내가 바르면 나를 막는 사람도 바르게 되고, 내가 밝으면 나무도, 강물도 밝게 웃을 겁니다. 신실하게 공부하세요."

"공부를 시켜줄 사람이 없는 걸요."

"만나는 사람이 다 나를 공부시켜 주는 사람이에요. 스승이고 가르침이지요. 기찰꾼도 그렇고 신평고개를 넘나드는 왜가리도 내 스승입니다."

해진이 웃는다.

"어르신, 만나는 사람이나 물건이 다 스승이라고 치고요. 어떻게 공부하지요. 방법을 모르겠는걸요."

"절실한 마음으로 조화로운 손길로 공부하지요. 굶주릴 때 밥을 생각하듯이, 추위에 떨 때 옷 구하듯이, 목마를 때 물을 찾듯이 그렇게 하는 거지요."

"저기서 누가 내려옵니다."

세진이 대나무 숲을 가리킨다.

숲 두어 걸음 아래 논배미로 사내 둘이 보인다.

9

“무사히 다녀오셨군요. 최 수접주는 어디를 들렀다 오는 겁니까?”

늙수그레한 사내가 나이에 어울리지 않는 초롱초롱한 눈길로 세진과 해진을 살피며 고개를 숙인다. 옆에 서 있던 기골이 장대한 사내도 잇달아 머리를 숙인다. 최경상이 맞절로 두 사람을 맞는다.

“장 접사가 와 계신 줄은 몰랐습니다. 이분들이 아니었으면 큰일 날 뻔했습니다.

신평고개에서부터 기찰꾼을 따돌리고 여기까지 저를 데려다주었습니다. 며칠 있으면 최 수접주가 오셔서 자세한 이야길 해주겠지만 이분들을 금당실까지 좀 모셔주어야겠습니다.”

말을 마치곤 앞장서 대나무 숲으로 걸어간다. 뒤이어 네 사람이 빨리듯이 따라 들어간다.

“저는 석문리 사는 장복극이라고 합니다.”

키가 작달막하고 나이는 50대 중반으로 보인다.

“용궁 고상무요.”

뱃속에서 올라온 목소리가 걸걸하다.

“신평 사는 전세진입니다. 이쪽은 내 사촌동생 해진입니다.”

서로 눈길로 인사를 나눈다.

“자, 자! 저기 평상에 좀 앉으시지요.”

장복극이 이끈다.

대나무밭에 가려 보이지 않던 마당 들마루에 앉자 논배미 밑으로 탁 터진 들판이 한눈에 들어온다. 누가 걸어오더라도 바로 살필 수 있겠다.

세진이 둘러보니 초옥을 돌아가면 작은 뒤란이 나오고 뒤란 뒤로 사람 키로 서너 길 정도 되는 바위가 발돋움하고 서 있다. 그 옆으로 갈참나무와 붉나무가 빼곡하다. 바위 위에 올라서면 초옥은 바위 밑에 쏙 파묻히고 마당에 있는 대나무 숲 우듬지만 보일 것이다. 밖에서는 아무런 눈길도 끌지 않는 그저 그런 비탈에 대숲만 보이는 흔한 풍경이다. 몸을 숨기기엔 이만한 곳이 없겠다.

“최 수접주는 어디로 가셨는지 모르십니까?”

장 접사가 묻는다.

“기찰꾼과 싸우는 중에 다리를 조금 다쳤습니다. 그리 위중하진 않으니 바로 따라붙을 겁니다.”

세진이 짧게 알린다. 세진의 말에 장복극의 얼굴 위로 검은 그림자가 내려앉는 듯 그늘이 들었으나 이내 웃는 얼굴로 털어낸다.

"아, 그렇군요."

장복극 접사는 소야 최맹순 수접주와 함께 관동포를 이끌고 있다. 최 수접주와 집강소 일로 급하게 상의할 것이 있어 조금 전에 와서 기다리고 있는 참이었다.

"장 접사님, 마침 잘 오셨어요. 글쎄 이걸 좀 보세요."

고상무가 해진과 세진을 슬쩍 쳐다보며 작은 책자를 건넨다.

— 다케노우치竹野 일기日記 —

"아니, 이게 무엇이오?"

용궁 고상무 삼형제는 낙동강, 내성천, 금천 3강 물이 모이는 풍양면 삼강리 의성포 들에서 나는 쌀과 소금배를 싣고 온 물화를 모아 판다. 충주 목계나루 아래로는 가장 큰 나루다. 이곳엔 왜말을 하는 뱃놈들이 즐비하고, 가끔가다 바다 건너는 물자까지 다루는 상무 3형제도 왜말에 능통하다.

"왜놈 대좌가 적바림한 글을 상걸이가 언문으로 옮겼습니다."

"이걸 어디서 구했단 말이오?"

"이야기하려면 한참 걸립니다. 최 수접주가 오시면 법소에서 말씀드리지요."

곁눈질로 세진과 해진을 힐끔힐끔 훔쳐보는 모양이 둘이 영 못미더운 눈치다. 장 접사는 작은 책자를 한 장씩 넘기며 읽는다.

『지난 6월 12일 제5사단장 공병대 1진으로 부산에 왔다.

나는 공병대 1진이지만 병과는 정보장교인 대좌 다케노우치다. 제5사단장 노즈 미치츠라 준장은 바바마사오 공병소좌를 제1지대에 배치하여 부산에서 대구를 거쳐 성주, 추풍령, 옥천을 지나 청주까지 전선 가설을 맡겼다.

나는 우에하라와 함께 별동대를 이끌고 대구에서 상주를 톺아 문경을 넘어 수안보와 충주로 뻗은 길을 이미 두 달 전에 염탐을 마쳤다. 부산에서 낙동강을 거슬러 오르는 소금배는 예천 풍양 삼강나루에서 끊겼다.

삼강나루에서 하늘재를 넘어 충주로 이어지는 길은 60리다.

하늘재에 올라서면 세곡선이 뜨는 충주 목계나루까지는 보부상 날랜 걸음으로 반나절이면 닿고 점심 먹을 때까지 담배한 대 피우고 쉴만한 거리이다. 전신주가 가설되는 곳은 곧 병참노선 길이다. 부산에서 한양까지 가장 빠른 길이어야 하고 가장 안전한 길이어야 한다. 물길이다. 조선의 물길을 타야 한다.
물길은 파리 떼처럼 달려드는 동비를 떼어놓기도 그만이다.

나는 총보다 골필을 먼저 챙겼다.
조선 논과 밭, 고개와 내 그리고 우물과 길을 빠짐없이 그려
넣었다.

나뿐 아니다. 우리는 경쟁하듯이 조선의 모든 것을 적고 또
적었다.
후비보병 19대대는 동학 동비들을 토벌할 때마다 조선 마을
과 형편을 <동학당 정토 경력서>에 새겨 넣었다. 미나미 고시
로 대대장은 <동학당 정토 약기>에다 조선 동비들 주검을 아
로새겼다. '자랑스런 기록 아니겠나. 귀국하면 후손들한테 두
고두고 전할 것'이라며.
기록은 또 다른 전투다. 이 기록만으로도 우리는 이미 동비
를 이길 수밖에 없다.
어딜 가나 농민군이 남긴 편지, 일지, 발괄, 신소장, 사발통
문, 창의문, 통문 온갖 자료를 싸그리 쓸어 담았다. 수집한 자
료는 기록병이 모두 번역하여 대본영으로 보낸다.
전신주를 세울 통로로 상주-문경-충주가 알맞다는 보고서를
지도와 함께 올린 지 나흘 만에 전보 명령서를 받았다. 대본영
은 바바마사오 소좌에게는 전신주 가설 실무지침을 따로 전달

했다.

전신주는 조선인 집 마당을 가로질러라.

전신주는 조선인이 받드는 신목과 사당을 내려다보는 곳에 설치하라.

하루에 10리 이상은 진군하지 말고 낱낱이 기록하라.

“하루에 10리 이상 진군하지 말라니?”

나는 바바마사오 소좌가 보여준 대본영 명령서가 마땅찮았다. 예천 용궁 쪽에서 전신주 가설을 막는 동비들이 상주로 함창으로 충주로 들어가는 길목마다 매복하고 있다는 첩보가 속속 올라오고 있다.

문경을 거쳐 충주로 가자면 반드시 예천 용궁을 평정해야 한다. 이 두 고을을 잡도리하지 않으면 뒤를 내놓고 싸우는 맹수와 다를 바 없다.

“가자”

나는 조선인으로 변복을 한 뒤 부하 둘을 데리고 태봉 헌병대를 출발한다.

“동비들이 도처에 깔렸는데 분대는 움직여야 하지 않겠습니까?”

“번거롭다. 여럿이 움직이면 눈에 띄기 쉽고. 조용히 가자. 조선 놈들 총소리 한 방이면 뿔뿔이 흩어질 것이다.”

조선에는 큰길이 없다.

산 아래 마을과 마을을 잇는 조붓한 길과 마을 안을 실핏줄처럼 잇는 골목길이 있을 뿐이다. 골목길은 징검다리처럼 마당을 밟고 요리조리 산자락으로 굽이친다. 조선인은 평생 마당을 떠나지 않고 골목길을 벗어나지 않는다. 난리가 터지거나 화를 입으면 골목길로 이어진 숲으로 뛰어들거나, 숲과 마을을 오가며 저항한다. 멀리 임진년에도 그러했다. 마당과 골목마다 모여 말을 퍼뜨리고 농악으로 일궈낸 신명으로 서로를 붙들고 힘을 불러 모았다. 동비들은 법소마다 외워야 할 주문을 붙여놓았다.

본영에서는 조선 동학당에서 통용되는 은어 13자 '시천주조화정 영세불망만사지侍天主造化定 永世不忘萬事知'를 조사하고 동비들이 퍼뜨린 온갖 구호를 낱낱이 살피고 헤아렸다.

하늘과 자연과 사람을 속이지 마라
하늘과 자연과 사람을 거만하게 대하지 마라
하늘과 자연과 사람을 상하게 하지 마라
하늘과 자연과 사람을 어지럽게 하지 마라
하늘과 자연과 사람을 요절케 하지 마라

하늘과 자연과 사람을 더럽히지 말라

하늘과 자연과 사람을 굶주리게 하지 마라

하늘과 자연과 사람을 좌절시키지 말라

하늘과 자연과 사람을 억압하지 말라

하늘과 자연과 사람을 굴복하게 하지 말라

동비 우두머리 해월이 지었다는 「십무천+毌天」을 곱씹던 난 대본영이 보낸 전보를 다시 읊조렸다.

燒光(소광)
상주-문경-충주로 병참로를 닦고 전신주를 가설하라.
모든 건설은 사로잡은 동비들로 하여금 진행하라.

함창 19대대 후비보병은 풍도해전이 시작됐다는 전통과 함께 한양과 부산 사이 함창을 굳건히 지키고 조령과 충주 병참선을 확보하라는 대본영 통신문을 받았다.

최맹순 부대 동향은 이렇다 할 것이 없다. 아직 조용하다. 하지만 예천 읍내는 시끄럽다. 청일전쟁이 끝날 때까지 문경에서 충주까지 전신주 설치와 보급로를 확보하는 것이 내 임무다. 결코 함부로 움직여서는 안 된다. 석문리와 화지 예천 집강소를 빼놓지 않고 살핀다.

함창과 화지·석문리 그리고 예천 집강소가 서로 들여다보듯이 서 있다. 금당실 동학군이 예천 집강소를 잡고 있고, 함창 후비대대가 석문리와 화지를 함부로 움직이지 못하게 고리를 걸고 있다.

그런데 순찰 결과 내가 모르는 농민군 부대가 있었다.

'하늘목장 부대.'

처음 들어보는 부대다. 이 부대를 이끌고 있는 놈도 아직 파악하지 못하고 있다. 예천 집강소와 안동에 사람을 보내 알아보고 있는 중이다. 용궁헌병대 분소장으로 있는 우에하라가 하늘목장과 감천 농민군 연락책이란 놈을 붙잡았다는 소식을 보냈다.

이놈을 족쳐서 그 부대가 무얼 하는지, 석문리와 용궁 쪽 동비들과 어떤 관련이 있는지, 금당실 농민군 소속인지, 병력이 얼마나 되는지를 알아내야 한다.

바바마사오 소좌가 태봉 헌병대로 끌고 가기 전에 서둘러 데리고 와야 한다. 날랜 부하 둘을 데리고 함창에서 문경 영순면을 지나 왼쪽 조령을 버리고 오른쪽 용궁으로 접어드는 길로 들어섰다.』

글은 여기서 끊겼다.
장 집사는 책 겉장에 핏물이 묻은 걸 놓치지 않는다.

"왜놈 대좌가 쓴 글을 도대체 어떻게 구했소?"

상무는 이걸 그대로 말해야 할지 잠깐 망설인다.

고상무는 화지 윤치문을 만나고 왔다. 그는 한양에서 무관 벼슬을 하다가 밀려서 화지로 내려온 인물이다. 화지는 논농사도 괜찮았지만 닥나무를 벗기고 종이를 만들어 삼강나루를 통해 각지로 보냈다. 면화나 닥나무 농사 재미가 쏠쏠했지만 돈 냄새를 맡고 귀신같이 육방관속이 따라붙었다. 토호들이 거미줄을 치고 화지 살림살이를 토색질했다.

그뿐일까.

예천지주 4인방으로 이름을 날리는 박기양의 땅이 지척에 있어서 그 수하들이 늘 화지동네를 들락거렸다. 윤치문 집 타작마당 한켠 무성한 느티나무 이파리가 가을바람에 날리면 부채꼴 같이 듬성듬성 뻗은 가지에 홍씨 일가 지붕이 맞닿았다. 윤치문 일가 턱밑에서 집안으로 들락거리는 물자며 살림살이를 낱낱이 헤아리며 긁어갔다.

그 옆에 사는 이규호란 토호는 곁눈질을 멈추지 않고 갈고리 손을 세우고선 윤 씨 형제들이 피땀으로 일군 알곡이며 면화를 싹싹 쓸어갔다.

윤치문은 이를 내버려둘 수 없었다. 성격이 불 같고 한양에서 벼슬을 한지라 돌아가는 판을 읽는 데 누구보다 밝

앉다. 머릿속에 해야 할 일이 꿈틀거리면 바로 몸을 움직였다. 신중하기로는 호가 난 최맹순과는 딴판이었다. 둘은 한 자루에 두 개 돌을 넣은 듯 서로 버석거렸다.

"화지는 소야와 관계없이 서정들을 지나 집강소를 칠 것이오."
석문리나 금당실 부대 없이도 움직인다는 마지막 통첩이다.
"우리 용궁에서 함께 나서주길 바라는 것이오?"
윤치문이 빙긋 웃으며 상무의 손을 잡는다.
"용궁 고 접주는 이미 다른 중차대한 일을 하는 것으로 나는 알고 있소. 그렇지 않습니까?"
누구에게도 말하지 않았는데, 하물며 석문리 최 수접주한테도 내가 하는 일을 다 말하지 않았는데. 이 사람이 어떻게 아는지 모르겠다. 아니다. '중차대한 일'이라고만 했지 무슨 말인지 또렷하게 이야기하진 않았으니 내 일을 정확히 모를 수도 있겠다. 그렇지만 넘겨짚거나 그냥 입치레로 하는 말은 아닌 것 같다.
"서정들로 쳐들어가면 집강소나 왜놈들이 소야법소와 용문과 용궁을 가만 두고 보지 않을 것이오. 함께 움직이면 좋겠지만 그게 힘들면 무기라도 구해놓아야 합니다. 싸움은 산불처럼 번질 것이오. 화지에서 집강소를 먼저 치겠지

만 태봉 왜놈이나 안동 관군들이 부채질하는 불길은 어디
로 튈지 아무도 모르오.”

윤치문 말대로다. 화지농민군은 예천 고을을 불살라 버
릴 바싹 마른 불쏘시개다.

무기부터 구해놓아야 한다. 서두르자. 일본은 반드시 용
궁으로 들어올 것이다. 충주로 전신주를 가설하기 전에 용
궁과 석문리를 쳐서 예천 농민군을 주저앉힌 다음 한양으
로 전신주 잇는 발걸음을 재촉할 것이다.

용궁은 객관을 중심으로 북쪽에 축산, 남쪽에 용비산이
자리 잡았다.

천덕산이 용궁 동쪽을 막아 땅기운이 빠져나가는 걸 막
고, 용비산 아래로는 안동, 예천에서 흘러온 사천과 성화
천 물이 모여 하풍진河豊津을 이룬다. 용궁헌병 분소는 객관
바로 맞은편 장터를 바라보는 곳에 세 칸짜리 나무집에다
ㄱ자로 달아내어 병기고로 쓰고 있다.

상무가 일본군 대좌가 적바림한 일기장을 손에 쥔 건 윤
치문을 만나고 난 사흘 뒤 용궁 장날이었다. 장날마다 함창
에서 왜놈들이 용궁으로 석문리로 첩자를 보내 뒤를 캔다
는 소문이 달포 전부터 들려왔다.

‘왜놈을 잡아 족치면 예천 집강소 형편을 훨씬 소상하게

알 수 있을 거야. 집강소가 믿고 있는 안동에서 집강소를 언제 어떻게 도울지도 가늠할 수 있고.’

상무는 무엇보다 언제 전신주 가설을 하고, 그 전신주가 어디로 이어지는지 궁금했다.

장꾼을 가장한 용궁 농민군 스무 명과 함께 산양삼거리를 지나 석문리를 돌아보고 용궁 장터 들머리로 들어설 때 앞서 기찰을 나갔던 상걸이가 돌아오며 속삭인다.

“형님, 용궁헌병 분소 쪽으로 걸어가는 저 세 놈 좀 살펴 보세요.”

농사꾼처럼 옷을 입었지만 광목 두른 머리카락이 짧고 눈을 흘깃거리며 곁눈질로 사방을 살핀다.

“하는 짓이 뭔가 수상쩍은걸. 저, 저 걸음걸이 좀 보소. 조촘조촘 걷는 것이 조선 사람이 아닌데⋯⋯.”

“어! 저거? 저거. 허리춤에 육혈포_{총알을 재는 구멍이 6개인 권총}인 지 뭐 그거 아이라?”

상용이가 속삭인다.

“태봉 왜놈부대에서 온 놈들이 틀림 없니더.”

삼강나루 호철이가 아퀴를 짓는다.

“그렇지. 아니면 대낮에 누가 저런 총을 차고 다니노?”

“상걸이하고 상용이는 가서 우마를 끌고 헌병 분소 앞길 을 막고 막사 안에 있는 놈들이 밖을 못 보도록 시야를 막아라. 나는 저 세 놈을 사로잡아야겠다. 그런 다음 함께 헌병 분소로 몰아쳐 무기고를 털자."

그러나 상무 말과는 판이 달리 돌아간다.

헌병 분소에서 헌병 하나가 용수죄수의 얼굴을 보지 못하도록 머리에 씌우는 둥근 통 모양의 기구를 씌운 사내를 앞세우고 나오자 총을 든 헌병 둘이 뒤를 따른다. 보이는 헌병만 세 놈이다. 헌병 분소 안에 분명 예닐곱 놈이 더 있을 것이다.

농사꾼 차림으로 용궁헌병 분소 쪽으로 걷던 놈들이 태봉 부대에서 나왔다면 맞붙어야 할 왜놈만 여섯이다. 장이 파한 지 한 시간은 지나 장꾼들 모습은 보이질 않는다.

헌병 셋이 용수 쓴 사내를 사이에 놓고 용궁 장터 쪽으로 걸어오고, 농사꾼 차람의 세 놈은 둘레를 살피며 천천히 용궁헌병 분소 쪽으로 걸어간다. 헌병과 농사꾼 차림 왜놈 군인이 오늘 만나기로 한 날인지도 모른다. 저 용수 씌운 사내를 넘기려고? 그렇다면 저 용수 쓴 사내는? 농민군인가. 짧은 시간, 상무 머리를 긋고 가는 생각이 소낙비처럼 들이친다.

그때 우마차 한 대가 헌병 셋과 농사꾼 차림 사내들 사이로 따고 든다. 우마차를 가지러 간 상걸이 움직였구나.

"잠깐 비켜보시더. 길 가운데 어정쩡하게 막고 서 있지들 말고."

호철이가 거름을 잔뜩 실은 우마차를 앞에서 끌며 소리친다. 좌우에 상걸이와 상용이 그 뒤로 농민군 셋이 더 붙었다. 헌병 셋은 잽싸게 용수 쓴 사내를 둘러싸고 엉겁결에 걸음을 멈춘다, 장터 쪽에서 걸어오던 농사꾼 차림 사내 셋은 거름더미 때문에 용수 쓴 사내가 잘 보이질 않자 옆으로 몇 걸음 퍼지듯이 게걸음으로 거리를 넓힌다.

모두 우마차에 정신이 팔린 사이 상무와 농민군이 재빠르게 움직인다. 농사꾼 차림 사내들 뒤편에 선 고상무가 버드나무 뒤로 달려가 몸을 숨긴다. 농사꾼 차림 사내 셋은 우마차에 붙은 농민군과 버드나무 뒤에 몸을 숨긴 고상무가 이끄는 농민군들 사이에 갇힌 형국이다.

이때 호철이가 우마차를 돌려 헌병 쪽으로 힘껏 민다.
헌병 하나가 옆으로 몸을 돌림과 동시에 용수 쓴 사내를 낚아채선 헌병 분소 쪽으로 달린다. 다른 둘은 우마차를 피해 뒷걸음질치다 넘어지지 않으려고 비틀거리면서도 무라다 소총을 가슴 쪽으로 들어 올린다. 이를 본 상걸이 우마차 거름더미에 숨겨 놓은 환도를 빼내 총을 든 헌병 손목을 힘껏 내리긋는다. 호철이는 우마차 바퀴를 밟고 뛰어오르며 상걸이 쪽으로 총구를 돌리는 놈의 턱을 세차게 내지른다.
우마차를 따르던 농민군 셋은 무라다 소총 두 정을 집어

들곤 엉거주춤하게 일어서는 헌병 배에 다시 한 번 발길질
을 꽂아 넣는다.

　이를 지켜보던 농사꾼 차림 수상한 사내 셋이 서로 왜말
로 지껄이며 뒤로 슬금슬금 물러난다.
　'태봉부대 놈들이구나.'
　지켜보던 상무 머리 위로 피가 확 솟구친다.
　육혈포를 찬 놈과 둘은 버드나무 뒤에 상무 일행이 몸을
숨긴 건 꿈에도 모른 채 뒷걸음으로 다가온다.
　육혈포를 찬 놈 등이 버드나무에 닿자 상무는 왼팔을 쭉
뻗자마자 목을 감아서 나무 뒤로 힘껏 끌어당겼다. 놈은 두
발뒤꿈치를 브레이크 삼아 버티면서 질질 끌려온다. 놈은
왼손을 뒤로 휘저으며 상무 머리를 노리는 한편, 오른손을
내밀어 허리에 찬 육혈포를 꺼내고자 온몸을 흔든다.
　상무가 다급하게 놈의 오른손목을 쥐고 뒤로 꺾는다.

　"탕,탕!"
　총소리다. 상무도 총을 많이 보고 화승총까지 쏴봤으나,
무라다 소총을 보고 육혈포 총소리를 코앞에서 듣기는 처
음이다. 놈이 다리를 풀고 그대로 땅바닥에 엎어진다. 상무
가 오른손으로 짓이기듯이 눌러 총알은 상무 손을 맞고 놈
의 뱃속으로 뛰어들었다.

축 처진 놈의 륙색을 낚아채 들고서 거랑으로 장터를 빠져나와 의성포 쪽으로 내달렸다.

용궁헌병 분소에서 왜놈 헌병 예닐곱이 나와 무라다 소총을 쏘아대는 소리가 멀리서 상무 등을 향해서 덮쳐오고 까마귀 떼가 일제히 날아오른다.

지난 해 7월. 도쿄대학 혼고 캠퍼스 종합박물관 수장고에서
비밀문서 4점을 발견했다.

세 번째 문서는 기타자토 시바사부로 남작이 쓴 것이다. 그
는 도쿄대학 생물학부를 졸업한 동물학자다. 조선에 사는 목
숨붙이를 살펴보고 싶어 고스케 한반도 정탐길에 동행했는데,
이제는 연구소를 조선으로 옮길까 생각 중이다.
의견이나 주장보다 가벼운 자기 생각을 거침없이 날려 쓴
건 정식보고서 전 단계임을 말해준다.

기타자토 시바사부로 남작 2월 26일 보고서

고스케 소좌는 충주 목계나루를 거쳐 뱃길로 한양으로 가고
싶어한다.
나는 이곳 늑대 고을이 더 흥미롭다. 늑대는 산봉우리로 오
르지 않고 산 아래로 내려가지도 않는다. 기슭을 걷는다. 바위
가 솟아 있고 뽕나무밭이 가깝고 초가지붕이 앉은 산자락 아
래, 볏단을 쌓아 놓은 볏가리로 내려와 밤을 지새기도 한다.
촌로들 이야길 들어보면 이들은 모두 늑대굴이 어디 있는
지, 언제 마을로 내려오는지, 어느 길로 돌아가는지 다 알고
있다. 나무꾼들은 늑대 뒤를 졸졸 따라다닌다. 이들만 쫓으면

빈 지게로 내려올 일은 없다.

나무꾼은 늑대를 사냥하지 않고, 늑대는 나무꾼을 해치지 않는다. 이들은 묵계를 맺어 서로를 지킨다.

늑대 길을 찾으면 이 길에 빌붙어 사는 비적들을 잡을 수 있다. 늑대 길을 끊으면 소리없이 다니며 아군을 괴롭히는 동비를 잡을 수 있다.

왜 늑대 사냥에 나서지 않나?

5~600kg 황소 한 마리를 잡으면 황군 장교들이 신는 가죽 장화 7켤레를 만들 수 있다. 황소 100마리가 늑대에게 잡아먹히면 군화 700족이 늑대 뱃속으로 사라진다. 늑대는 한반도 산야를 누비는 동물이 아니라, 우리 군수물자를 강탈하는 적이다.

제 3 부

10

하늘목장은 예천 땅 용문면 선리 일대다.

예천 외성(상울곡성) 20만 4,000평에 내성(예천성)이 10만 8,000평으로 30만 평이나 되는 농지가 있다. 네 곳에서 오른다. 하리 우곡리(부노성)에서 상울곡성으로 가는 길, 내성 용문 선리에서 상울곡성으로 가는 길, 명봉사에서 부용봉을 거쳐 상울곡성으로 가는 길, 동로 간송리에서 고모성을 거쳐 상울곡성으로 가는 길.

성 안에 샘이 10개나 있고 실개울이 목장을 가로질러 흐른다.

실개울 양쪽으로 하늘목장에서 가장 큰 쌍둥이 못이 마주보고 자리했다.

하늘목장은 예천금광사건이 일어난 해부터 농사를 짓지 않고 폐농한 땅이었다.

갑오년 이태 전인 1892년 임진년에 감리 김동호가 금당실 뒷산 오미봉을 파헤쳤다.

나라에서 '금을 캐도 좋다'는 나라님의 허가를 맡았다며 지기를 끊고 물길을 막는다는 이유로 금광개발을 반대하는 제곡면민들은 안중에도 없었다. 오히려 개발에 제곡면민들을 대놓고 끌어들이기 시작했다.

김동호가 마침 금광을 둘러보려고 금당실로 온다는 소문을 들은 제곡면민 1,000여 명이 동네 입구 느티나무 아래 모여서 동호 일행을 막아섰다.

"금광 개발을 멈추소."

"나라님이 허가해준 걸 너희들이 누구 명을 듣고 막아서느냐?"

"누구 명이고 뭐고 오미봉 파헤치면 땅기운을 헤쳐 마을에 변괴가 든단 말이씨더. 물길도 건드릴 거고. 당장 치우소!"

"내가 임금 명을 받고 왔단 말이다. 이놈들아 퍼뜩 길을 열어라."

"금 캐는 일을 치우만 길 열어드리는 건 일도 아이씨더. 그 전에는 어림도 없니더."

동호가 입을 열기도 전에 앞줄에 서 있던 조선이가 동호를 끌어내리고 배철백, 이덕성, 변공묵, 박숙관이 동호 팔다리를 단단히 묶었다. 동호는 악을 쓰며 금광은 나라님이 명한 것이라 멈출 수 없다고 뻗댔다.

"저놈을 한천으로 끌고 가시더."

오미봉은 무사했으나 금당실 사람이 줄줄이 붙들려가고 다쳤다. 소나무 숲이 목숨 값을 대신했다.

나라에서 명화적을 막는다며 곳곳을 기찰하고 사람들 발길을 끊었다. 임진년부터 계사년, 갑오년까지 내리 세 해 동안 찾아온 가물로 묵정밭이 늘어갔고, 하늘목장도 전도야지 어른과 종해 오빠가 찾기 전엔 사람 발걸음이 끊긴 땅이었다.

하늘목장에 다시 길을 내고 땅을 갈아 아이들 뛰노는 소리를 불러 모았다.

목장에 곡식이 여물고 발길이 머물자 이곳저곳 하늘목장 살림을 엿보는 자들이 꼬여들었다. 하늘목장 살림이 넉넉하진 않지만 이만큼 오기까지 곡식이 하늘에서 절로 떨어진 것이 아니다. 돌을 골라내는 데만 한 해가 걸렸다. 나무가 뿌리를 내리듯 셀 수조차 없는 돌이 저마다 자리를 잡고 실뿌리를 뻗는 것 같았다. 아무리 골라내도 돌은 줄어들질 않았다. 땅바닥을 그러모아 쥐고 돌들이 버텼다.

감천 상·하리 초군, 하무실 봉화꾼, 역졸, 승려, 저수령을 넘나드는 포수까지 손을 보태고 돌로 덮인 시간을 벗겨내 곡식이 출렁거리고 기름이 자르르 흐르는 땅으로 일구었다. 날파리가 날아들고 모기, 각다귀가 들끓기 시작했다.

예천 육방관속이 드나들고 이유태가 왈짜를 앞세워 간평

을 한답시고 산신당 앞에 술상을 차리곤 지나가는 부녀자를 훑었다. 읍내 집강소로 들어가는 땔나무와 쌀이 막히자 땀 한 방울 흘리지 않고 하늘목장에 빨대를 꽂고 빨아대기 시작했다. 거친 말이 하늘로 올라 거센 바람을 불러 모은다. 아이들이 논배미 옆에 쌓인 돌탑으로 모이고 어른들은 하늘목장 오르는 네 길목에 집강소 움직임을 꿰뚫어볼 재바른 초군을 몇 심어두었다.

나는 감천 장터에서 크게 다친 뒤로는 하늘목장에서 기거하며 일꾼들 밥을 해대고, 아이들한테 이야기책을 읽어주고 지냈다. 저수령으로 넘어가는 참매를 살피고 하늘목장 뽕나무의 오디를 따먹고 부용봉 너머 화통골로 돌아가는 늑대 떼를 쫓았다. 읍내 집강소를 농민군이 둘러싸자 육방관속들의 발걸음은 뜸했으나 이유태를 비롯한 예천 4인방은 검정 토시를 찬 왈짜패를 앞세우고 하늘목장 오르는 길을 단속했다.

금방이라도 눈이 올 듯 잿빛을 머금은 검은 구름이 인상을 쓰고 하늘목장 절반을 집어삼킬 듯 내려앉는다. 도회소 옆 솟대 아래 듬성듬성 자리 잡은 억새가 여차하면 날아오를 듯 은빛 몸을 뉘였다 세웠다 으르렁거린다.

금당실 전기항과 전규선
상리 초군 이종해와 갈구 이정호

용문사·명봉사 승려 두운과 일초

석문리 접사 장복극과 최한걸

용궁 부접주 고상무, 고상걸 형제

감천 역졸 황묵영, 김서송

버실 백정 박정달과 손치한

단양 산포도반수山砲都班首 한돌, 포수 용서영

하무실 봉화꾼 곽빈과 김시락

화지 박현성, 김노연

"오늘은 하늘목장 간평소작료를 매기고자 농작물이 잘되고 못된 정도를 추수 전에 지주가 직접 살펴봄과 예천 집강소를 치는 문제를 의논하고자 모였습니다.

여기 계신 분들은 모두 나이를 떠나서 동네나 접에서 두민頭民을 맡고 있습니다. 다 아시다시피 하늘목장은 대여섯 해 동안 노는 땅, 진전陳田으로 묵혀 농사라고 할 것도 없었습니다. 그걸 여기 있는 분들이 동접을 이끌고 일궈 놓으니 저 야차 같은 이방, 호방과 그 수하나 마찬가지인 박기양, 이유태가 간평을 한답시고 하늘목장에 드나듭니다."

오빠가 입을 연다.

"그게 어디 간평입니까? 이유태 저놈은 간평이란 말만 앞세웠지 대놓고 토색질 하는 거지요. 작년에 못 봤습니까?

110

일하느라 정신이 없을 때 올라와서는, 황 서방인지 그 집 집산지 있잖습니까. 씨름판에서 설치는 놈. 그놈이 말고삐를 잡고 산신당 지나 소나무밭 들머리 아래서 유태한테 말고삐를 넘깁디다. 이게 음식을 차려놓으라는 신호예요. 우리도 처음에는 그게 신혼지 몰랐지요.

이놈이 말을 타고 하늘목장 큰길을 한 바퀴 돌아보고 올 때까지 먹을 음식을 차려놓고 구유에는 말이 먹을 건초가 수북해야 합니다. 그때 아지매들이 익모초 베고 깨 턴다고 정지를 다 비웠지요.

말을 타고 한 바퀴 돌아보고 왔는데 아무것도 없는기라, 이놈 인상이 우그렁바가지가 되더니 아무 말도 없이 냅다 달리는 겁니다. 말에서 내리지도 않고 오히려 박차를 가해 아이들 노는 골목길, 노인들 앉아 있는 논두렁, 처자들 빨래하는 우물가, 깨 털어 말리는 산신당 뒤편 마당으로 사람들이 있는 곳만 골라 미친 듯이 말을 모는 거예요.

우리가 보는 앞에서 말발굽 아래 한 사람 짓이겨 놓을라고 작정하고 달린 거라고요. 그날 다 보셨잖습니까? 간평은 무슨 얼어 죽을 간평입니까. 간평은 술상 앞에서 잠깐 붓놀림으로 끝나고 말달리고 술잔 돌리며 하루해를 꼬빡 채우고 내려갔어요.

그날 생각만 해도 속에서 천불이 납니다.”
화가 치민 갈구 이정호 목소리가 부르르 떤다. 말이 탁탁 갈라지더니 털썩 주저앉는다. 방안에 있는 사람들 모두 말을 삼키고 고개를 뒤로 젖혀 천장만 바라본다.

"말도 안 되니더. 간평이라니요. 하늘목장 묵은 땅을 일굴 3년 동안은 결세와 잡역을 면제한다꼬 군수가 말했잖니껴? 그런데 무슨 낯짝으로 세금을 매긴다고요?"

하늘목장에 살다시피 하는 규선이 또렷한 목소리로 사람들 젖힌 고개를 바로 세운다.

"말이 되고 안 되는 기 문제가 아이고 이방, 호방을 눌러 타고 있는 저 네 놈들이 문제 아이라. 우리가 저들을 먼저 징치하느냐? 집강소에 저 네 놈을 내놓으라고 기별부터 넣느냐? 그걸 먼저 정해야지."

전도야지가 말길을 다듬는다.

"뭔 기별입니까? 네 놈을 잡아 족치고 집강소로 쳐들어가야지요."

산포도반수 한돌이 수염을 부르르 떨며 또박또박 전도야지 말을 짓누른다.

하무실 봉화꾼, 버실 정달이도 고개를 주억거리며 한돌이 쪽으로 돌아앉는다.

"안 됩니다. 예천만 생각하면 당장 때려죽일 놈들이지만, 지금 함창과 태봉에 왜놈들이 와 있단 말입니다. 관군이 안동에도 곧 도착한다는 소문도 들려오고요. 지금 예천 집강소를 때리면 우리 등을 보여주는 셈이지요.

이놈들 속셈은 한양으로 올라가는 길을 내는 거예요.

전신주와 철가치를 깔고 문경 지나 충주를 거쳐 한양으로 바로 내달리는 거지요.

조용히 있다가 왜놈 후비대가 충주로 들어가면 우리가 이놈들 뒤를 때리면 됩니다.

지금 예천을 치는 건 왜놈을 불러들이는 꼴입니다.”

관동포 참모 장복극이 집강소로 내달리던 말 물꼬를 다시 돌려놓는다.

“그게 석문리 최맹순 수접주 뜻입니까?

우리가 애써 일군 하늘목장도 넘겨주고 저 네 놈도 가만두고 집강소 하는 대로 두고 보자는 말입니까?”

갈구 이정호가 눈을 치뜬다.

“네 놈을 내놓으라고 집강소에 사람을 보냅시다. 예천 읍내면을 둘러싸서 시초와 양곡이 들어가지 못하도록 틀어막고요. 읍내 동쪽은 금당실과 상리 명봉사 승려들이 막습니다. 본동, 원동, 우계동, 통명동, 갈구, 광천동까지 촘촘히 막아야지요. 읍내 서쪽은 화지와 고산동 농민군이 홍심동, 본동, 하무실, 지내동, 홀중개동, 석정동까지 지키는 거지요. 본동, 청복동, 신기동, 왕신은 버실과 청복동 부대가 맡고 북쪽은 이종해 접장이 이끄는 감천과 상하리 초군이 둘러싸면 됩니다.”

화지 고산에서 온 박현성이 눈을 반짝거린다.

“좋은 의견입니다. 왜놈들 동태는 석문리에서 해오던 대로 살피면 될 것 같고.”

용궁 고상무가 맞장구친다.

“만약에 집강소에서 네 놈을 안 보내거나 이놈들이 내빼면 우예니꺼?”

감천 역졸 황묵영이 고개를 모로 튼다.

여름 밤하늘에 말꽃이 피어오르고 둥글게 둘러앉은 사람들 얼굴에 결기와 긴장감으로 불콰한 빛이 깃든다. 이종해가 하늘목장 도회소 사랑청에 달린 정지에서 종선이와 안평댁이 내오는 음식을 받고자 벌떡 일어서자, 잠깐 말길이 끊긴다.

감자떡과 찐 수수와 삶은 올밤에 막걸리 몇 됫박 그리고 용 포수가 잡아온 토끼고기 다섯 접시가 김을 모락모락 피어 올리며 들어왔다. 밖에서 칭얼거리는 소리가 들린다. 부엌에서 음식을 본 아이가 지청구를 하는 모양이다. 살림살이가 그렇다. 눈에 어른거리는 음식은 차고 넘치지만, 실제로 입으로 들어가는 밥은 손에 잡히질 않는다.

“악다구니 같은 네 놈을 안 내놓으면 우리가 잡아서 경상 관아에 넘기시더.”

토끼 고기를 한 점 물고는 젓가락을 탁 소리 나게 내려놓으며 감촌 역졸 김서송이 입을 연다.

"무슨 수로 그놈들을 넘긴단 말이로?"

전기항이 입으로 가져가던 막걸리잔을 천천히 내려놓는다.

"발괄白活:억울한 사정을 관아에 말이나 글로 하소연하는 것이라도 해야지요."

김서송이 기어들어가는 목소리로 말꼬리를 뺀다.

"글쎄 나라님부터 까마득한 저 아래 이방, 호방에 군졸 나부랭이까지 싸잡아 도결都結:고을 아전들이 공전이나 군포를 축내고 그것을 메우려고 결세를 정액 이상으로 받는 것, 은결隱結:토지대장에 올리지 않고 사사로이 경작하는 것에 진결陳結:묵은 밭에 세금을 매기는 것까지 온갖 구실을 붙여 저마다 제 배 불리기에만 골몰하는데 우리 이야길 들어줄 리 있습니까?"

용 포수가 토끼 고기가 담긴 접시를 전도야지 앞으로 밀어주며 천천히 말을 잇는다.

"그러게 말입니다.

급재給災:재해를 입은 논밭에 구실을 면제해 주는 것는 없고 과다한 모곡耗穀:환자還子를 받을 때 곡식을 쌓아두는 동안 축나는 것을 미리 짐작하고 매 섬에 얼마씩 덧붙여 받던 곡식에 방결防結:고을의 아전들이 세액을 감해주는 대가로 기한 전에 받아 돌려쓰거나 착복하는 것까지 쥐어짜는 구실아치뿐인데 어떤 놈이 우리 말을 듣는단 말이에요?"

버실 손치한이 주먹으로 멍석이 깔린 바닥을 내리친다.

"결렴結斂:결세에 부과하여 돈이나 곡식을 징수하는 것이나 신경 쓰지 격쟁擊錚:조선 시대 억울한 일을 당한 사람이 임금의 거둥길에 꽹과리를 치는 행위를 이르던 말이나, 발괄白活은 경상감영 진남루를 넘을 수 없을 겁니다."

장 접사가 거든다.

"네 놈을 징치하고 예천 집강소를 치기 전에, 싸움을 벌이기 전에, 우리가 먼저 아퀴 지었으면 하는 일이 하나 있니데이."

전도야지가 좌중을 둘러본다.

"이보다 급한 일이 또 있다고요?"

고상무가 몸을 앞으로 숙인다.

"앞으로 우리 이야길 남기는 거씨더. 집강소나 악행을 저지르는 저 네 놈들을 보더라도 저들은 뭔 일이든동 적바림해 놓니더. 우린 말은 영글게 해도 며칠 지나만 긴가민가 이거다 저거다 우기다 우리끼리 싸우니더. 오늘도 많은 이야기가 나왔니더만 하루만 지나만 이 이야기 절반을 잃고 마니더. 말이란 속성이 그렇니더. 입 밖에 나오면 날아가는 바람이지요. 누굴 정해 며칠, 몇 달 뒤에 봐도 알 수 있도록 글에 앉히고 우리 의논을 모아 나가시더."

"그럼 누가 이 일을 맡으면 좋겠습니까?"

용문사 승려 두운이 눈을 반짝거린다.

"적임자가 있습니다. 초군들 격문이며 연락하는 글은 모두 이 처자가 도맡고 있습니다."

전도야지가 빙긋 웃으며 종선을 바라본다.

"초군 이종해 두민의 아우인 종선 처자입니다."

모든 눈길이 오빠 뒤에 앉은 나한테 쏠린다.

"이종선입니다."

나는 또박또박 사내들 눈길을 되받으며 슬쩍 오빠를 본다.

얼굴에 불안한 그늘이 드리운다. 나까지 이 위험한 싸움판에 끼어들게 하고 싶지 않다는 마음이겠지.

오빠가 천천히 입을 연다.

"저 아인 아직…….”

"네, 제가 그 일을 맡겠습니다."

오빠가 내 일을 가로막기 전에 얼른 내 갈 길을 아퀴 짓는다.

사실 나는 그 전에도 초군들 모임에서 시도기時到記:어떤 장소에 도착한 날짜, 시간 따위를 적는 기록를 도맡아 써왔다.

규선이 나를 보며 눈을 끔뻑거리곤 씨익 웃는다. 만날 때마다 초군들 이야기며 우리끼리 부르는 노래며 살림살이를 낱낱이 적어보는 게 어떠냐며 등을 떠민 이도 규선이었다.

"보수집강소와 한판 붙기 전에 꼭 결정해야 할 일이 또

하나 있습니다.”

오빠가 아쉬운 듯 나한테서 눈길을 떼며 입을 연다.

“모이기 힘든 사람들이 여기 다 모였습니다. 집강소 동태를 보면 우리가 언제 또 모일지 기약할 수 없는 일입니다. 오늘 논의할 것 결정할 것 빠짐없이 내놓고 기탄없이 이야기 합시다.”

“그래, 뭔 이야기로?”

오빠 바로 옆에 앉은 전도야지가 말길을 채근한다.

“이곳 하늘목장 말입니다. 내버려둔 땅을 여기 모인 분들 빼고도 100여 분이 함께 일구었습니다.”

“그렇지요, 그거야 다 아는 사실 아닙니까?”

정호가 되묻는다.

“하늘목장은 동무들이 함께 부쳐 먹고 서로 기대는 땅이 되어야 합니다.”

“그게 무슨 말이로?”

전도야지가 뜨악한 얼굴을 내민다.

“이유태를 비롯한 4인방과 군리가 결탁해서 포흠곡_{지난 해} 조세로 마땅히 내야할 곡식이나 내지 않은 세금을 도결_{아전들이 공전이나 군포를 사적} 으로 쓰고 그것을 채워 넣으려고 세금을 정해진 액수보다 많이 걷는 것에 떠넘겼습 니다. 하늘목장도 고스란히 세금을 내게 됐습니다.”

“아니죠. 하늘목장은 묵은 땅을 지난 임진년_{1892년}부터 한 뼘 한 뼘 우리가 개간한 것 아닙니까? 개간한 땅은 3년 동안 조세를 걷지 못하는 것으로 알고 있습니다만.”

버실 백정 손치한이 눈을 홉뜬다.

“그렇지요. 그러자면 저 4인방과 아전들이 멋대로 설레발치는 간평부터 받지 말아야지요.”

하무실 봉화꾼 곽빈이 나선다.

“관리들이 나라 땅을 간평하겠다는데 어떻게 피할 수가 있겠노?”

전도야지가 답답하다는 듯이 한숨을 내쉰다.

“나라 땅이라니요?”

종해가 묻는다.

“니는 잘 모르겠지만 양안(토지대장)에는 땅 주인을 시주時主라고 적는다. 농민들이 잠깐 주인이 되어 맡고 있지만 나라 땅이라는 거지. 그 시주에 예천 4인방도 이름을 올리고 있고.”

“어르신 말처럼 잠깐 땅을 맡고 있는 작자들이 논밭과 멀리 떨어진 읍내에 집을 정하고 간평 때만 말을 타고 목장에 올라와 놀고 있는 아이들을 말발굽으로 몰아세우고, 집집이 돌아다니며 아낙들을 겁탈합니까?”

종해가 입 뗄 틈도 없이 정호가 부르르 떤다.

“그캄 하늘목장을 어떻게 하잔 말이로?”

전도야지가 다시 묻는다.

“첫째, 올해는 간평을 막고, 둘째, 양안에 하늘목장을 개간하지 않은 다른 사람 이름을 올리지 말아야 합니다. 한 사람 이름으로 올리는 합록合錄도 안 됩니다. 개간한 사람 하나하나 모두 나누어 올립니다. 셋째, 이유태·박기양·이삼문·윤계선의 악행을 남녘 집회 때 알립시다."

종해 홀로 생각이 아니다. 초군들과 버실 백정, 하무실 봉화꾼들이 하늘목장을 일굴 때 오가던 말이었다.

"개간한 사람 이름을 하나하나 양안에 올린다꼬? 그캄 누가 누군동 다 드러날낀데 나중에 집강소에서 해코지라도 하마 우예노? 논밭 부치는 사람 이름을 다 올리는 건 문제가 있데이."

전도야지 목소리가 딱딱 굳어간다.

"이름을 밝히나 안 밝히나 죽어 나자빠지는 건 똑같습니다. 저놈들이 언제 우리 이름값 쳐준 적 있나요. 저는 하늘목장 개간에 힘을 보탠 적은 없지만 일하는 사람들 이름을 올리는 건 옳다고 봅니다."

용궁에서 온 고상무가 말을 보탠다.

"그럼 아전이나 이유태·박기양·이삼문·윤계선 저 네 놈을 누가 나서 상대한다는 말이로? 너희들 우르르 중구난방으로 나서서 저놈들을 대적할 수 있다꼬 보나?"

"왜 우리를 '중구난방'이라고 생각하시죠? 오늘처럼 이렇게 모여서 함께 입을 모아 만들어 가면 되는 것 아닙니까?”

　도회소에 모인 눈길이 오빠와 전도야지 두 사람에게 날아가 꽂힌다.

　“이렇게 하면 어떨까요? 모든 분들 의견이 일리가 있습니다. 우리가 기세는 좋지만 집강소는 관에다가 왜놈들까지 붙었으니 얕볼 수 없습니다. 좀 더 신중하게 결정하자는 말입니다. 그렇게 하자면 화지 윤치문 접주나 소야 최맹순 수접주 이야기를 한 번 더 들어보고 아퀴를 짓지요. 그렇게 해도 늦진 않을 겁니다. 오늘 다 모이셨으니 지금 소야로 가시지요.”

　소야 장복극 접사가 팽팽한 이야기 끈을 늦춘다.

　“좋은 이야깁니다. 화지에서 오신 두 분은 가는 길이니 윤치문 접주한테 알려서 오시게 하면 될 것 같고, 용궁에서 오신 고상무 형제분은 돌아가시는 길이니 함께 가시고 저는 하늘목장을 비울 수 없습니다. 단양이나 버실, 하무실, 감천은 목장에서 자주 뵐 수 있으니 이종해 두민과 규선이만 지금 다녀오면 될 것 같은데 어떻습니까?”

　전기항이 소야 법소에 갈 사람을 짚어본다.

　“이종선 처자가 우리 이야길 적바림하기로 했으니 같이 가면 좋겠습니다.”

　한걸이가 종해를 쳐다보며 거든다.

"우리가 가서 나온 이야기를 알려주면 되지 갈 것까지
야……."

오빠가 슬쩍 막아선다.

"아닙니다. 저도 함께 가는 게 좋을 것 같습니다. 격문을
쓸 때 형편을 알면 좋고, 다른 분들도 한번 뵙고 싶습니다."

글은 나에게 세상으로 열린 오직 하나뿐인 문이다.

엄마나 고모는 세상 벽을 어떻게 열었을까. 차가운 삼동
가리려는 헐벗은 몸 앞에, 때꺼리 갈구하는 아이들 눈동자
앞에, 꼼짝달싹 못하게 묶여 억지로 넘고 넘어야 할 첩첩이
쌓인 하루 앞에, 무엇으로 버텼을까.

그 산골에서 엄마만이 글로 별을 딸 꿈을 꾸고 있었어.

수리부엉이가 부용봉 하늘 높이 올라 어둠을 물고 내려올
때마다 호롱불 밝히고 이야기보따릴 풀었지. 장날마다 빼놓
지 않고 까치발로 울 밖을 살피고 사람들을 불러 모았다.

평생 이야기 한 자락 품지 않은 사람은 그냥 허깨비야,
아무것도 아니지. 저 산도 들개들개 그러모은 기억으로 높
이 올랐고, 석관천으로 내성천으로 차오르는 물도 얽히고
설킨 인연 휘돌며 간추린 이야기로 흐르는 몇 조각 시간들
이지.

찬바람 일렁거리는 삼동三冬:겨울 석 달 한겨울엔 허리를 끊어놓을 듯 힘든 남의 집 밭일, 산비탈에 매달려 산나물을 캘 일, 썩어가는 나무 밑동 살피며 버섯 딸 일, 닥나무 벗기고 쪄 낼 일 없다지만, 엄마 서동댁한테 겨울 집안일은 여름 바깥일 못지않았다. 광창 붐하게 밝아오면 마을 동쪽 석관천 옆 향나무 아래 샘물 길어 마루 용단지에 맑은 정화수 한 그릇 올리는 일로 하루를 열었다.

부용산에서 오른 햇발이 마을에 드리운 산그늘을 반쯤 걷어낼 때면 아버지와 오빠는 벌써 아침밥을 해치우고 산에 오른다. 둘이서 나무를 해서 하루에 여덟 짐씩 나르면 날마다 마당에 봉긋한 동산이 솟아. 엄마와 나는 부려놓은 나무를 숯으로 구울 큰 덩어리, 부엌에서 밥할 때 넣기 좋게 자른 졸가리, 불붙이는 북데기, 화로에 담기 좋은 마른 솔잎 갈비로 나누어 새끼로 묶고 가마니에 담았다.

나무 묶는 일이 얼추 끝나면 빨래바우 빨래터에 쪼그려 앉아 산자락 누빈 아이들 옷가지며 시어머니 속옷과 적삼을 빨래방망이로 두드렸다. 살얼음 위로 차갑게 눈 홀기며 다가온 추위도 머쓱할 만큼 바지런했지. 어스름한 땅거미 허리춤까지 쫓아오면 장터 길 되밟아 잰 손길로 저녁밥 안치고 씨설거지 하기 바빴다.

“오늘은 누구누구 오노?”

저녁상을 물리자 시어머니 가오실댁이 묻는다.

“예. 고락골댁, 동계댁, 호상댁, 곧은골댁, 전호댁, 우평댁, 가호댁, 읍실댁……. 아매 열 분 넘게 오실 것 같니더.”

마을 아낙들은 저녁을 먹고 나면 우리 집으로 모였다.

시집 온 새댁이 언문 이야기책을 잘 읽는다는 소문이 돌자, 사람들 기웃거리더니 어느덧 긴긴 겨울밤을 보내는 이야기방이 되었다.

책 읽는 일은 초성이 좋아야 하고, 목소리의 높낮이가 있어야 하고, 슬픔과 기쁨을 연기할 줄 알고, 놀람과 화가 소리에 배어 있어야 했다. 엄마는 이런 자질을 두루 갖추었다.

《류충렬전》, 《숙영낭자전》, 《구운몽》, 《조웅전》을 읽었고 《강릉추월전》도 구성지게 들려주었다.

“니 어매는 책도 잘 읽었지만 글도 빼어났지. 한 번 붓을 잡으면 고치는 법 없이 한 번에 내리썼다. 며느리 자랑하면 팔불출이라지만 이건 뭐 동네 사람들이 다 알고, 내가 부러지낸 이야기도 아이께네.”

할머니는 오빠와 나를 재울 때면 노래처럼 엄마 이야기를 들려줬다. 버실 정달이도 빠지지 않고 귀동냥을 했다.

엄마는 고모가 시집가기 몇 달 전, 밤마다 《강릉추월전》을 베꼈다.

엄마 글씨는 각진 듯 보였지만 부드러웠다. 긋고 빼고 삐
치고 감은 자음과 모음은 서로 온화한 눈길로 바라보며 동
그마니 앉았다. 어지럽고 산만한 말 간추려 바람 앞혀 새긴
글씨는 조용히 나를 품었다. 돌아가시고 난 뒤 엄마는 글이
되어 나를 안아주었다.

"그거 왜 베끼는 거야?"
"응, 고모 시집가서 심심하면 읽으라고."
"고모는 책 읽는 거 싫어하잖아."
엄마는 웃었다.
"살다가 답답한 일이 생기면 읽을지도 몰라."
"읽으면 답답한 게 풀려?"
"읽는다고 금세 풀리진 않지. 답답한 걸 풀어주는 건 시
간이니까. 그런데 가끔가다 글이 시간을 재촉하거든. 답답
한 세월 빨리 가라고."
엄마는 내가 잘 모를 듯할 이야기는 언제나 천장을 바라
보고 말했다.
봄이 오면 집 문설주에 부적을 써 붙였다.
'농에각시숙가절이'
"엄마 뭔 말이야?"
"냄새나는 벌레와 손각시는 천 리 밖으로 썩 물러가라는
뜻이야."

"저렇게 붙여놓으면 진짜 벌레와 귀신이 우리 집에서 사라지는 거야?"

"종선아. 써놓는다고 바로 사라지진 않아. 한 번 더 쳐다보고 들어가야 하나 말아야 하나 고민은 하지. 호호호"

"애걔. 벌레와 귀신이 고민을 한다고?"

"그래."

"치, 거짓말. 귀신과 벌레들이 이 글을 보고 고민한단 말이야?"

나는 엄마와 오빠가 나를 어리다고 놀려먹는 게 아주 어릴 때부터 너무나 싫었다.

"그럼, 이름 불렸으니 멈칫하는 거지. 누가 '종선아' 부르면 너도 멈춰 돌아보거나 이름 위에 잠깐이라도 머물지. 읽고 숨 한 번 돌리라고, 그래서 글은 있는 거야. 세상이 막 몰아쳐도 숨 한 번 쉴 그 틈 붙잡고 버티는 게 글이지."

밖에 소쩍새가 울고 엄마는 희미하게 웃었다. 그날 밤 그 말이 내가 엄마한테 듣는 마지막 말이 될 줄은 몰랐다.

오빠에겐 곁을 지키는 상리·하리 초군들이, 길 열고 이어주는 늑대울음이, 나무 지게 던져버리고 새 길로 날아오르는 날개가 돼주었다. 엄마와 고모에겐 꺼이꺼이 소리 내어 울다가 하하호호 웃으며 내성천 가로질러 부산 앞바다로 나아갔다가, 어느 날은 저수령 넘어 한양 구경으로 돌아오는 신통방통한 이야기가 날아오르는 날개였고. 나는 하늘 목장에서, 석문리 법소에서, 농민군들 눈 부라리고 뜨겁게 내뱉는 숨소리, 날랜 주먹질, 간추리고 다듬어 격문으로 편지로 앉힐 때 내 몸에 날개가 돋는 것을 느꼈다. 날개를 달고 펄펄 날아올랐다.

오빠는 알 수 없겠지만 규선이는 내 겨드랑이에 난 날개를 봤을지도 모른다.

"종선아, 가자. 붓이나 벼루는 챙길 필요 없어. 그냥 가면 돼."

한걸이가 언제 다가왔는지 바투 서서, 엄마 생각에 빠져드는 나를 붙잡아 흔든다.

"이걸 좀 치우고 가야 할 것 같은데."

와르르 일어서는 사람들 틈으로 들어가 그릇을 든다.

"야야, 종선아. 니는 여어는 놔두고 어여 따라가, 뭔 말인동 영글게 듣고 우리한테도 알리라."

안평댁 아지매가 웃으며 얼른 나오라고 손짓한다. 그 손짓이 꼭 저수령 위를 나는 참매 날갯짓 같았다.

농민군 법소

오빠는 석문리 최 수접주가 뭘 생각하는지 모르겠단다.

한걸이 말로는 해월법사를 만나러 가기 전에 용문 사람

들을 보기로 했다던데, 하늘목장엔 들른 적이 없고 별다른 기별도 없었다. 오빠가 규선이 편에 해월법사한테 보낼 문권이며 하늘목장 간평으로 빚어진 서류들과 주고받은 척문尺文:조선시대 조세, 수수로 따위를 내고 관에서 발급받은 영수증까지 미리 보냈지만 열흘 동안이나 소식조차 듣지 못했단다.

오빠가 나와 규선이를 데리고 굳이 소야로 온 것은 최맹순 수접주가 어떤 싸움판을 그리는지 머릿속을 들여다보고 싶은 것이다. 석문리와 화지 그리고 용문·감천 농민군은 솥발과 같다. 같이 움직이든지, 만약 움직이지 못하면 서로 뒷배를 봐줘야 한다. 따로 움직이는 순간 뒤집어진다는 게 농민군을 보는 오빠 생각이다.

장복극 접사가 앞장서고 오빠와 규선이 그리고 내가 법소 도회소로 들어서자 문 건너편에 앉아 있던 최맹순 수접주가 몸을 일으킨다.

"어서들 오시오."

"오랜만입니다."

오빠가 인사를 건네는데 최 수접주와 앉아 있던 접주들이 일제히 나를 본다.

"이쪽은 이종해 두민 아우입니다."

한걸이가 아버지만 알아듣게 나를 인사시킨다.

최 수접주는 나를 보며 입초리에 웃음을 모았다가 다시 눈길을 돌려 앉아 있는 접주들을 바라보며 일일이 인사시킨다.

예천 동로 소야 수접주 최맹순, 접사 장복극

적성 접주 권경함

유천 접주 조성길

퇴치 접주 박현성

화지 접사 김노연

고산 봉령 윤치문

용문 금곡 전규선

용문 금곡 접주 권순문

용문 금곡 접사 정명언

호명 우음 접주 박래헌

감천 도평 접주 이종해

용궁 부접주 고상무, 고상걸

48개 접소에서 39개 접주, 부접주, 접사들이 소야 법소
에 모였다.

"자 앉읍시다."

오빠와 규선은 윤치문 화지 봉령 옆에 앉고 나는 동그랗
게 둘러앉은 접주들 뒤에 한걸이와 두운과 나란히 앉았다.
한걸이가 개다리소반보다는 크고 국시 안반 절반만한 크기
에 다리가 달린 나무판을 내 앞에 가져다주었다. 그 위에는
붓과 먹물을 갈아놓은 묵로가 놓여 있다. 한걸이가 나를 보
며 '어때!' 하는 표정으로 씽긋 웃는다.

"들었니껴? 집강소에서 농민군을 잡기만 하면 몽둥이찜 질을 놓은 뒤 한천에 파묻는다는 걸 본 사람이 한두 사람이 아니란 소문이 파다하이더."

우리가 와서 끊겼던 말길을 다시 잇는다.

"그것도 산 채로 말이씨더. 이래 가마이 있으만 될 리껴. 고마 읍을 쓸어버리시더."

유천 접주 조성길이 바닥을 치며 울분을 토한다. 호롱불 이 까무룩 눕는다.

"예천 집강소로 당장 몰고 드갑시다."

화지 윤치문이 고리눈을 부릅뜬다

"맞니더. 생목숨을 죽였으니 집강소에서 가만있을 리 없 겠지요. 분명히 움직일 겁니다.

함창과 태봉에 똬리를 틀고 있는 일본군인들 움직임도 수상쩍습니다. 읍내 집강소만 보면 안 됩니다. 그쪽도 함께 살펴야 합니다."

고상무다.

모인 접주들 가운데 고상무 3형제만큼 용궁과 함창 쪽 정보와 정세 판단에 빠른 이가 없다.

"집강소에서는 금당실, 감천, 하무실 쪽 농민군을 지켜 보다가 잡아가곤 합니다. 버실 정달이도 잡혀갔다가 겨우 빠져나왔고 하무실 곽빈도 서암산 봉수대에서 그놈들한테 끌려갈 뻔했다 살아났어요.”

용문 접사 정명언이 말을 꺼내자 호골 호랑이라는 별명을 가진 박래헌이 몸을 앞으로 기울인다.

“그 이야길 나도 소문으로 들었는데 정달이와 곽빈이 어떻게 빠져나왔니껴?”

“지금은 집강소를 치느냐 마느냐 중대한 이야길 나누는 때입니다. 정달이와 곽빈 이야기는 이 논의를 매듭지고 나중에 하시죠.”

오빠가 말을 자르고 나선다.

“옳은 말씀이오. 지금 우리뿐 아니라 우리 아이들이 살아남느냐 마느냐 그런 때 아니오. 어서 이야길 이어갑시다.”

고산 윤치문이 거든다.

“집강소보다 상주에 있는 왜놈들이 더 급하이더. 그쪽에 방책을 세아놓코 움직이도 움직여야 돼니더. 왜놈들은 안동과 같이 움직입니다. 용문에서 움직이면 안동에서 관군이 올 것이고 집강소에서 나오면 왜놈들이 우리 등을 노릴 것입니다.”

박현성이 조근조근 말한다.

호롱불이 뽀족한 붓이 되어 섰다.

“상주를 치나 읍을 치나 우리 등이 시린 건 마찬가지입니다. 동접들 무고한 목숨이 모래밭에 묻혔습니다. 집강소에 있는 저놈들은 무지막지한 왜놈들보다 못한 놈들입니다. 이들부터 뿌리 뽑고 상주를 쳐야 사기도 올라가고 뒤에서 칼 맞을 일도 없습니다. 굴모리를 뺏지 못하면 우리는 안팎 으로 곱사등이 되는 겁니다. 지금은 용문 농민군과 함께 예 천을 쳐야 할 때입니다."

윤치문이 바람처럼 몰아간다. 호롱불 불꽃이 다시 뉜다.

동그랗게 원을 그린 눈길이 최맹순을 옭아맨다.
등잔에 눈길을 꽂고 있던 관동포 수접주가 입을 연다.

"상주에 있는 왜놈이나, 읍에 있는 민보군이나 다 우리를 적도로 몰고 있소.
하나 바다에서 건너와 총칼로 우리를 겁박하는 왜놈들은 땅 밖으로 내칠 존재요, 읍에 있는 놈들은 우리 등골을 빼 먹는 악랄한 놈들이지만 함께 살아갈 치들이지요. 싸움의 차례를 정합시다. 퇴치 박 접주가 어려운 길이지만 집강소 에 한 번 더 다녀오시오. 같이 왜놈을 몰아내자고 말해보세 요. 우리와 함께 할 수 없다면 집강소부터 칩시다. 장 접사 가 읍에 보낼 글을 이미 지어 놓았습니다."

'조선 사람이 조선 사람을 해치는 것은 같은 땅에 사는 사람으 로서 결코 해선 안 될 일이다. 500년 간 왕도정치를 펼치던 나라에 왜놈들이 득세하여 수많은 백성이 어질고 선한 기운을 입지 못하고 있다. 천리에 법도와 질서가 어떤 지경에 이르렀나.

진흙탕이나 뜨거운 숯불 위에 놓인 사람들이 어떻게 목숨을 이어가고 편안하게 살 수 있겠나. 지금 우리 본뜻은 왜놈을 물리치는 일이다. 지금 예천 고을 일은 집강소에서 우리 도인들이 모이는 것을 의심하고 민보군을 모아 우리 도인들을 짓밟고 목숨을 빼앗는 일에서 비롯되었다.

도인 열하나가 생목숨을 잃었다. 하늘이 울고 땅이 놀라고 목숨붙이라면 할 말을 잇지 못하는 일이 벌어졌다. 실로 안타깝고 분노가 하늘을 찢을 일이다. 그러나 왜놈들이 범이나 늑대처럼 아가리를 벌리고 수많은 백성들 목숨과 재산을 노리고 있으니 마냥 슬픔에만 빠져 있을 수는 없다.

우리는 동접 열하나 목숨을 거둔 박기양, 이유태, 윤삼문, 이계선 네 놈만 징치하면 그간 죄를 뒤로 물리고 집강소와 한마음이 되어 왜놈들을 물리치는 일에만 골몰할 것이다.

같은 땅, 같은 하늘 아래 백성으로 같은 하늘을 이고 살 수 없는 원수 왜놈을 물리칠 생각이 없다면 당신들은 누구의 백성인가. 우리 도인들이 말하는 의가 옳다면 함께 왜놈을 치자.'

왕도 정치니 선한 기운이니 저런 말은 집강소에서 하는 말 아닌가. 나는 장복극 접사가 지었다는 글이 영 마음에 차지 않는다. 왜놈이 늑대처럼 아가리를 벌리고 있다고? 늑대보다 못한 놈들한테 왜 늑대를 빗대는지 모르겠다. 네 놈만 없애면 저들이 우리를 함께 살아갈 이웃으로 여길지 그것조차 알수 없는 일. 아니다. 저들은 결코 우리한테 곁을 주지 않을 것이다.

"최 수접주. 이런 글로 예천 집강소에서 네 놈을 묶어 우리한테 보내고 함께 왜놈들과 싸우리라고 믿소?"

윤치문이 고개를 모로 튼다.

"순진한 건지 바본지 모르겠소. 나는 더 들을 게 없소, 이만 돌아가겠습니다."

윤치문이 자리를 박차고 일어난다.

"윤 봉로. 이 글을 보내는 건 두 가지 뜻이 있소. 해월법사 교지를 따르는 일이 하나요. 어쩔 수 없이 집강소에 잡혀 있는 민보군 마음을 얻자는 게 다른 하나입니다. 집강소에서는 민보군이 하루에도 수십 명씩 달아난다고 들었소."

최맹순이 천천히 고개를 돌려 일일이 눈을 맞춘다.

"한 번만 더 기회를 줍시다. 우리를 믿어봅시다."

"사흘만 기다리겠소. 사흘이 지나도 편지를 들고 간 이들이 돌아오지 않거나 답장이 없으면 나는 화지 고산 농민군과 함께 서정들로 달려 나갈 참이오."

윤치문은 고개도 돌리지 않고 숨도 쉬지 않고 회선포를 쏘듯 내뱉는다.

이날 최맹순은 박현성과 화지 접사 김노연에다 몸이 날
랜 도인 세 명을 더 붙여 예천 집강소로 보냈다. 아울러 모
든 접주, 접사, 봉령, 교수, 대정, 중정을 비롯하여 도인
7,000여 명을 화지 도회소에 집결토록 했다. 화지 도회소
는 병력을 셋으로 나누고 좌군에 매산 윤치문, 중군에는 유
천 접주 조성길, 우군으론 호명 접주 박래헌을 맡곁다.

예천 집강소는 움직이지 않을 것이다. 해월과 한 약조 때
문에 집강소로 사람을 보냈지만 걱정만 피어오른다. 박현
성과 김노연이 먼저 간 목숨처럼 헛되이 사그라지지 않고
무사히 돌아오기만을 빌고 빈다. 열한 명 부릅뜬 눈이 화지
도회소를 밝힌다. 꺼이꺼이 우는 목소리가 도회소를 떠나
질 않는다. 그들 몸을 조였던 모래가 별빛으로 모여들다가
도회소 지붕으로 쏟아져 내린다.

지난 해 7월. 도쿄대학 혼고 캠퍼스 종합박물관 수장고에서 비밀문서 4점을 발견했다.

받는 자는 야마가타 아리토모 총리다. 이 문서들이 세상에 나오지 않은 건, 마구 갈겨 쓴 초고이기 때문인 듯.

정식 문서를 보내고 초고를 여퉈 놓았던 것으로 짐작하는데, 초고와 정식 문서를 견주어 보는 재미도 쏠쏠할 것 같다.

미우라 고로 극비 보고서

'각하, 마지막 늑대는 고시로가 인계 받은 그 사내가 아니었습니다.

대둔산에서 스나이더 총에 맞기 전 마천대에서 뛰어내리던 그 사람도 아니었습니다. 늑대 무리를 움직이는 대장은 늘 뒤에서 은밀히 움직입니다. 아직 살아있습니다.

늑대는 험한 산을 어슬렁거리지 않습니다. 민가를 파고 돌지요. 각하가 이야기한 일본의 이익선[利益線:일본 총리 야마타 아리토모가 주장한 말이다. 일본 영토를 지키는 '주권선主權線'이 있고, 이익선은 주권선(영토) 안위를 지키는 데 밀접한 관계를 맺고 있는 지역이다. 아리토모는 "일본 이익선의 노른자는 실로 조선"이라고 말해왔다]은 조선입니다. 그렇다면 말입니다. 조선도 우리가 모르는 자신들의 이익선이 있지 않을까요. 아무도 각하께 보고를 하지 않은 것 같습니다.

　바보 같은 자식들, 죄송합니다. 조선의 이익선은 바로 늑대입니다.’

　늑대가 사라졌다. 다행이다. 현재 조선늑대는 멸절됐다.

　후비보병 19대대 보고에 따르면 우리는 1,500마리를 사살했다는데, 나머지는 누가 어떻게 없앴는지 모르겠다. 하긴 앞에서 길만 내면 ‘다, 깨끗이’ 청소하겠다고 나서는 무리가 조선 어디에나 널렸으니까. 이들은 보수집강소가 들었던 총칼 대신 무슨 회會라는 간판을 내걸고 늑대 목숨을 노렸다. 늑대가 사라졌으니 다른 목숨붙이를 늑대로 둔갑시켜 늑대 사냥에 나설 것이다.

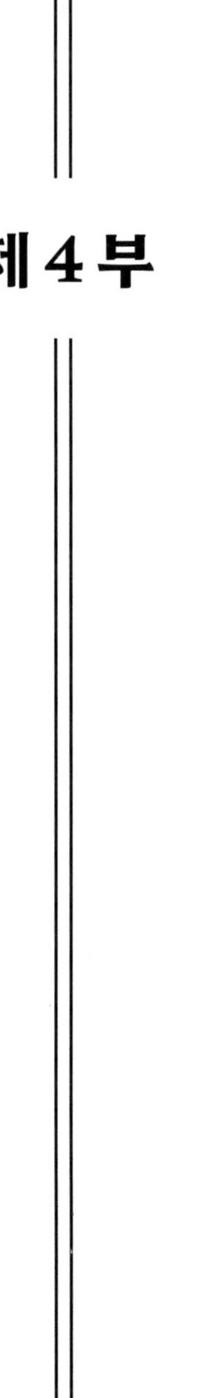

제 4 부

11

석문리 법소에서 오간 이야기가 내 숨통을 쥐고 잠시도 놓아주지 않는다.

하늘목장에서 돼지오줌보에 바람을 집어넣어 만든 공을 차고 노는 아이들의 발길처럼 멈추지 않는 물음이 내 머리를 두드린다.

'일본군이 들어오는 걸까, 관군은? 초군 우두머리 오빠는 어떻게 되는 걸까? 규선이와 나는?'

전쟁에 지면 우리 식구들 머리 가죽을 벗겨 이놈저놈 차고 놀지 않을까. 늑대바위 앞에서 내 몸을 짓밟고 배를 걷어차던 발길질과 차가운 눈길을 받아내며 살아가야 하는 걸까. 감천 장터며 하늘목장 산신당과 도회소가 불타고 우리는 갈 곳 없이 떠돌다 화통골까지 쫓겨나 숨어 살아야 하는 걸까. 내 아이는?

내가 난리 걱정을 하면 오빠는 '난리 나도 걱정 없다. 우린 화통골에서 늑대와 같이 살면 된다'고 웃으며 내 걱정을 누그러뜨렸다. 나는 그 말을 처음부터 믿지 않았다. 골목마다 콸콸 피가 솟구치고 검은 토시를 찬 사내들이 눈에 불을 켜고 활보하는 날은 땅바닥에 납작 엎드려 사는 질경이조차 벌벌 떨다 시들 테고, 시퍼런 예천 하늘을 퍼덕퍼덕 흔들던 흰꼬리수리도 더는 날지 못할 것이다.

하루를 이어가는 말은 숨고 목숨을 희롱하는 욕만 차고 넘칠 것이다.

"뭘 그렇게 생각해?"

규선이 내 어깨를 툭 친다.

나란히 줄지어 하늘목장으로 돌아오는 서악산 산등성이에 달이 오른다. 정달이가 달빛에 송아지 눈망울로 나를 내려다보곤 멀어진다.

"오빠, 정달이와 곽빈 오빠 말이야. 어떻게 된 거야?"

"그날 네가 하늘목장에 올라와 꼬박 이틀 만에 깨어난 날 말이야."

오빠는 무슨 일이든 바로 답을 주지 않는 사람인데, 오늘은 기다렸다는 듯 바로 입을 연다.

"나는 포수 한돌이와 저수령에서 단양 포수들을 만나고 하늘목장으로 내려오는 길이었어. 도회소에 피투성이가 누워 있더구나. 참을 수 없었지. 규선이가 말리는 걸 뒤로 하고 늑대바위까지 단숨에 뛰어 내려갔어. 민보군 짓이란 건 불을 보듯 빤한 거지만 도대체 어떤 놈인지 알고 싶었어.

읍실아지매, 우평아지매 말을 듣고서야 정달이가 붙잡혀갔다는 것도 알게 됐지.

너와 정달이를 매타작한 곳은 달빛 아래 봐도 거뭇거뭇한 핏자국이 꼭 땅빈대가 퍼져있는 것 같더라고.

귀모원으로 해서 구마이 여제단 쪽으로 빠져나간다고 저들끼리 짓기더란 이야길 아지매들이 들었다는데, 귀모원으로 가자면 화퉁골을 지나야 하잖아. 나도 모르게 늑대바위를 돌았어. 돌자마자 저쪽에 나를 기다리고 있었다는 듯이 두어 놈이 보이는 거야.

어두워서 집강소 사람인지 농민군인지 분간이 안 되더라고. 갑자기 옆에서 낮은 소릴 지르는 거야.

'가면 안 됩니다.'

내 뒤로 언제 따라 왔는지 명봉사 일초가 바싹 붙었어."

"그때 형님이 엄청 흥분하셨어. 난 그런 적 처음 봐. 피투성이가 된 널 두고 내가 따라갈 수도 없고 마침 옆에 있던 일초를 보낸 거지. 마침 일초가 화퉁골 불당 끝 암자에 간단 이야길 했던 참이었고. 그러고 나서 각 접에 네가 다친 거며 정달이가 붙잡혀 갔다는 통문을 돌렸지."

규선은 일 때를 놓치는 법이 없는 사람이다. 전도야지와 오빠한테 두루 신망을 얻고 석문리 최 수접주도 자기 사람으로 만들고자 공을 들였다. 뒤에서 걷던 규선이 어둠속에서 내 손을 찾아 쥔다. 규선이 손은 크면서도 손가락이 길다. 펼치면 마치 환한 닥풀 꽃처럼 둥글게 웃는 듯하다.

"오빠, 그래서 어떻게 됐는데?"

나는 규선이 손을 빼지 않고 묻는다.

"다가가니 홍이와 정달이가 있더라고."

"홍이? 우리 옆집 살던 홍이 오빠, 그 임홍?"

"몇 해 전에 옥이가 구렬서 홍이 닮은 사람을 봤다고 했지."

'집강소에서 일을 본다고.'

"보부상으로 떠돈다는 소식을 들었는데, 충주 목계나루에서 홍을 봤다는 소문도 돌았고. 그런데 홍이 늑대바위 앞에 정달이와 함께?"

"거기서 무슨 일을?"

"집강소서 하는 일이야 농민군들 붙잡고 조지는 일이지 뭐. 별다른 게 있나?"

12

"임홍!"

"그래 나 홍이다. 보부상 접주 하다가 인제 예천 집강소를 지키고 안 있나.

이놈을 닦달했더니 뭐 요상시런 게 마이 나오네. 그래서 내가 하늘목장으로 갈라꼬 움직일 찰나에 종해 니가 지 발로 왔네”

임홍이 빙글빙글 웃음을 흘린다. 땅땅한 몸에 물미장을 짚고 삐딱하게 서 있다.

정달이는 임홍 뒤에 무릎이 꿇리어 있고, 뒤로 네 놈이 에워쌌다.

종해는 어떻게 할지 선뜻 판단이 서질 않는다. 저놈들을 때려눕히고 정달이를 구해 하늘목장으로 올라가면 좋으련만. 둘이서 저 다섯 놈을 맞잡이 할 수 있을까.

집채만한 나뭇짐을 지고 부용봉이며 저수령을 오르내린 강단이야 어딜 가도 빠지지 않고 일초도 담력과 완력으로 명 봉사 둘레 왈짜패들을 끽소리 못하게 찍어 누른 장골이다.

그러나 네 놈 덩치도 투실투실하니 멀리서 봐도 힘깨나 쓰게 생겼다. 임홍이 데리고 있는 놈이라면 분명 보부상 주먹패거리일 것이다. 더구나 싸움이 벌어지면 잡힌 정달이가 어떤 변을 당할지 모른다. 종해 머릿속에 오만 생각이 일며 사방팔방 뛰어다닌다.

어둠을 타고 알을 낳으러 화퉁골 바위에 올라간 수리부

엉이 한 마리가 낮게 파도를 그리며 다가오다 하늘 높이 떠서 불당 끝으로 날아간다.

"너희들은 이놈 잘 지키라."
임홍이 뒤를 보며 다잡더니 종해 앞으로 걸어온다.
오른발을 옆으로 그리며 걷는 모양새는 예전 그대로다.
일초가 종해 옆에 바싹 붙어 석장錫杖을 움켜쥐고 얼굴을 뚫을 듯이 임홍을 노려본다.
"종해야. 나는 이제 예천 떠날 마음이 쪼금도 없다. 이 난리를 집삼아 다시 돌아왔데이."
"임홍, 아무 잘못도 없는 저 아이부터 풀어주고 이야기를 해도 하자."
"저놈이 내 싸움판에 끼어들었으니 이제 그냥 풀어줄 순 없다. 저놈 몸을 뒤졌더니 이게 나오더라꼬. 니 이름으로 돼 있대."
종선이 쓴 통문을 내 눈앞에 대고 흔든다.

'백성을 제 몸처럼 아끼고 보듬어야 할 지방관이 백성을 다스릴 도리를 다하기는커녕 자신들 자리를 이용해 돈을 긁어모으고 백성들 마지막 남은 양식 한 톨까지 빼앗아갈 궁리만 합니다.
지난달에는 예천 읍에다가 소를 만들곤 마을마다 하루에도 서너 차례 점고를 하고 만일 퇴치 못한 사정으로 빠지기라도 하만 곤장을 치고 속전이라며 돈을 강탈합니다. 우리 같은 초군은 산에 나가 사는 사람들인데 언제 점고를 받고 없는 돈을 어떻게 장만한단 말입니까.

아이들도 아는 그 이름 박기양, 이유태, 이삼문, 윤계선 이들 넷은 뒤로는 서리들과 짜고 그 종놈들까지 앞세워 재물을 약탈하고 아녀자를 능욕하다 못해 죄없는 사람을 이유없이 묶어 놓고 패기 일쑤고 여상스럽게 사람 목숨까지 빼앗습니다.

우리가 비록 짐승처럼 험한 산비탈에 붙어 나무를 베어 먹고 사는 초군이지만 날마다 당하는 핍박과 목숨까지 장난으로 여기는 저 패악질을 언제까지 두 눈 뜨고 보고만 있을 수 없는 노릇입니다.

참고 조용히 엎드려 있으면 우리에게 돌아올 것이라곤 개죽음뿐입니다. 앞으로 우리 새끼들 목숨도 어떻게 될지 알 수 없는 일입니다. 모입시다! 초군 동패들은 팔월 초열흘까지 귀밋 마을로 모여 머리를 맞대고 우리들 살길을 찾고 뜻을 펼쳐 봅시다.

– 팔월 초여드레 감천 도평 이종해 –’

"니가 썼나? 잘 썼다만 누가 알아준다꼬. 이게 뭐 상주 경상감영에 보낼 건지 저짜 남쪽 수괴들한테 보내는 건지 내사 몰따만 이런 걸 쓴다꼬 겁먹을 사람도 없고 누구 읽을 사람도 없고. 이걸 읽고 누가 달려와 니들을 구해줄 리는 더 만무하고. 다 헛지랄 아이가. 안 그렇나?”

임홍은 오래전부터 하늘목장을 들여다보고, 종해를 지켜보고 있는 것 같았다.

“글을 봤으면 잘 알겠네. 내가 싸우는 까닭을! 너도 어릴 때 부용봉 자락을 훑으며 나무를 해봐서 우리 속사정을 누구보다 더 깊이 알 텐데. 싸움을 하나, 가만있으나, 집강소에서 우릴 가만두진 않겠지. 그렇지 않아? 우린 목숨 지키고자 이 싸움을 시작했다. 일하고 머물 자리 찾고자 이 싸움을 이어가고. 한자리에 머물러도 집적거리고 희롱하고 빼앗기는 일 당하지 않으려고 기를 쓰고 싸우지. 돌아갈 곳이 생길 때까지 이 싸움을 멈추지 않을 거야. 임홍. 너도 감천을 떠날 때 똑같은 마음으로 떠나지 않았어?”

임홍이 다른 통문 한 장을 꺼내며 말을 잇는다.

“나는 이것 때문에 싸운다.”

종선이 쓴 하늘목장 통문이다. 임홍이 예천 4인방과 함께 하늘목장에 눈독을 들이고 있었구나. 집강소에 70여 유생들이 모였지만 모두 억지로 끌려와 이름만 올린 치들이다. 창칼을 들 것도 없이 함성 한 번으로 뒤로 자빠지고 버선발로 도랑으로 정지로 불알이 떨어져라 도망갈 놈들이다.

우리는 늘 네 놈만 겨누었다. 이놈들이 집강소 입을 먹여 살리는 창고이자 우리 등허리에 칼을 꽂고 입에는 멍에를 씌워 평생 부려먹을 놈들이기 때문이다.

'이유태, 윤계선, 박기양, 이삼문 4인은 아전을 등에 업고 관에서 백성에게 묵은 땅을 갈아먹도록 허락하는 문권文券을 발행하여 세금을 거두지 않는다고 하고선 가을걷이 때 강제로 징수한 일, 묵은 땅을 개간한 곳에 억지로 시초세땔감:柴草稅를 거둔 일, 개간이 끝나지도 않은 땅에 시초세를 부과한 일 따위 7가지 죄가 있습니다.

  - 땅이 없는데도 세금을 거두고
  - 하늘목장 소나무밭 개간을 시키고
  - 수령이 백성 산지에 강제로 표시하고 무덤을 쓰는 데 앞장서고
  - 묵은 땅(진전)에 세금을 매기고, 연고 없는 마을에 세금을 부과하고
  - 각 궁방에서 면을 돌며 교대로 세금을 거둬가고
  - 흉년이 나서 농사가 되지 않았는데도 세금을 거뒀습니다.
  - 하늘목장 개간이 끝나지 않았는데도 시초세를 거두었습니다.
  감사께선 예천에서 발행한 문권과 부디 살피고 살펴 나라 기강을 어지럽히고 백성들 살림에 고혈을 짜낸 네 놈과 뒤를 봐준 이방과 호방 죄를 엄히 물으소서.'

이 통문은 3장을 작성했다.
경상감영에 보낼 것, 남접에서 올라온 농민군이 모이는 보은취회에 전달할 것과 나머지 한 장은 전도야지가 따로 종선이한테 부탁했다고 들었다.

"하늘목장은 너희들이 아무리 돌을 고르고 물을 대고 풀을 뽑고 타작을 해서 나락을 거두고 콩을 바심해도 가질 수 없는 곳이데이. 언감생심 너희 초군들은 손도 대지 못하는 곳이란 말이따."

'너희 초군들?'

임홍은 이제 초군과는 아무런 인연이 없는 것처럼, 마치 '초군'이란 말을 처음 듣는 것처럼 떠들고 있다. 감천 땅을 벗어나는 순간 '나무꾼'이란 딱지는 땅바닥에 패대기쳤을 것이다. 그 이름을 평생 짊어지고 사는 게 싫어서 감천을 떠나 예천도 멀리한 놈인데, 다시 돌아왔다.

옆에 선 일초가 온몸을 부르르 떨며 석장을 높이 쳐들자 정달이 뒤에 선 두 놈이 발에 불을 켜고 임홍 뒤로 달려온다. 임홍은 꿈쩍도 하지 않는다. 내가 일초를 막아서자 홍이도 두 놈을 뒤로 물린다.

"종해야, 저수령을 넘어 예천을 떠나라. 종선이를 데리고 떠나. 지금은 이대로 가지만 다음에 만날 땐 반드시 네 목숨은 내 손에 떨어질 기다. 저 정달이란 놈은 내가 델꼬 간다. 니들이 아무리 용을 써도 감천도 하늘목장도 너희 손아귀엔 결코 들어갈 수 없는 곳이데이."

"저놈 이야길 언제까지 듣고만 있을 겁니까? 형님이 안 싸우만 내라도 저놈을 절딴 낼라이더."

일초가 나를 밀치고 홍이한테 석장을 날린다. 홍이가 비

스듬히 비키면서 물미장으로 일초가 쭉 벋은 오른 손목을
내리친다. 일초가 석장을 떨어뜨리며 팔을 움켜쥐고 무릎
을 꺾는다.

종해가 앞으로 나서자 홍이는 두어 발 뒤로 물러서며 소리
친다.

“종해야, 이제 농민군에 니 혼자 남은 거데이. 명심해
라.”

임홍이 검은 토시를 찬 네 놈과 정달이를 끼고 화통골 쪽
으로 모습을 감춘다.

“종해야, 이제 너 혼자 남았다.”

일초와 종해는 말이 없다. 마음이 일렁거린다. 싸움은 힘
으로 결판 짓지만, 싸움판 힘을 빼는 데는 말만한 것이 없
다. 찰싹 때리는 물결 한 번으로 모래톱이 와르르 무너지
듯, 털썩털썩 말 몇 마디로 굳은 마음자리가 힘없이 떨어져
나간다.

화통골에서 늑대가 운다. 석관천을 따라 내려와 늑대바위
를 돌던 수달 두 마리가 우릴 보곤 부리나케 강 쪽으로 몸을
돌린다.

13

임홍은 유태가 집강소에 심어놓은 보부상 우두머리, 유태를 지키는 주먹이자 소식을 물어주는 귀이기도 하다.

"이놈들이 또 다른 문권을 들고 경상감영에 들어가기 전에 손을 써야 합니다."

임홍이 말을 마치자 유태는 소장訴狀을 찢는다.

"걱정 말게. 우리 일을 훼방 놓을 놈을 내버려둘 순 없지. 내가 생각해 둔 방책이 있네."

오늘이면 끝날 것이다. 하늘목장도, 보수집강소도 이제 이유태 말이면 꼼짝 못 할 일을 마련해 두었다.

걱정은 임홍이다. 이 작자는 내 밑에서 오래 머물 인물이 아니다.

남폿불로 돌진하는 나방처럼 제 몸을 주체하지 못한다. 보부상을 하면서 지켜보고 들은 귀동냥으로 제 몸을 부풀리며 예천을 헤집을 것이다. 그날 임홍이 제 속내를 드러냈다.

붉은 노을을 안고 덕봉산 아래로 무거운 하루가 고꾸라지는 날 임홍이 이유태를 찾아왔다.

“1722년 경자년 때 만든 양안量案:토지대장 있잖소?”

임홍이 말을 꺼낸다.

“그야, 관아 어디엔가 있겠지. 난들 알 수 있나?”

유태가 말을 받으며 지그시 바라본다. 이 자는 무슨 꿍꿍이로 이 시국에 양안을 입에 올릴까.

“나는 그걸 갖고 싶소.”

조금도 망설임 없이 쇠꼬챙이처럼 찔러 들어온다.

“뭐라꼬? 임 행수가 그걸 뭐 할라꼬? 그리고 그게 가지고 싶다고 가질 수 있는 물건인가.”

“어차피 난리가 나면 현에서 간수할 수 없는 물건 아니오?”

“어허! 이 사람이. 현에서 간수 안 하면 누가 한단 말이로? 그러면 그걸 임 행수가 간수할라꼬. 그 양안으로 뭘 하시게?”

임홍은 말없이 멀리 국망봉만 바라본다.

“어르신, 남도 무주에 갔더니 양안으로 행심책行審冊을 만들더이다.”

“행심이라면 세금 매길 때 땅을 둘러보고 조사하는 일 아닌가?”

“그렇니더. 양안을 가지고 행심책을 만들자는 말이지요. 양안은 나라에서 땅주인을 정해주는 보증서 아닙니까.”

토지대장인 양안을 바탕으로 토지에서 생기는 여러 변화

를 조사해 적어놓는 일이 행심이다. 이 결과를 담은 장부가 행심책이고. 바뀐 내용을 상지裳紙:기록할 때 치마처럼 종이를 덧대서 붙이는 것로 덧붙여가며 새로운 토지 정보를 기록한다.

"나라에서 보증하는 양안으로 행심책을 만들고 읍민들한테 세금 매길 깃기衿記:사람을 기준으로 납세 대상 토지를 한데 묶어 적은 것을 깃기 또는 깃기책이라 불렀다를 만들자?"

유태 말에 임홍은 빙그레 웃는다.

세금은 토지가 아니라 사람한테 매긴다. 결국 돈은 사람이 낸다.

행심책에서 적은 토지를 기준으로 장부를 새로 만들어 사람마다 세금을 매겼다.

땅을 사고팔거나 상속할 때 양안에 적은 자호와 지번, 결부 수 따위 문서를 기록하여 필지를 특별히 정했다. 현감이나 수령한테 사실을 알리고 승인 받는 일을 입안立案이라고 하는데, 거래를 공식 증빙하는 일이다.

양안은 토지에 일어나는 모든 행위를 보증하는 행정 근거이다.

임홍은 이를 틀어쥐겠다는 거다. 땅에 있어서만은 자기가 예천 현감 행세를 하겠다는 말이다.

예천-의성-영천을 아우르는 보부상 우두머리다운 포부다.

"어떻게 양안을 얻어서 어디에 쓰겠다는 건가?"

땅 욕심이라면 둘째가라면 서러운 유태가 슬슬 구미가 당기는지, 임홍 쪽으로 상체를 바싹 기울인다.

"임 행수, 그러자면 일단 보수집강소에 들어가야 안 되겠나. 거기 집강들을 어떻게 다잡느냐, 그게 문제 아이겠나? 자네가 그걸 할 수 있을까."

둘은 머리가 맞붙은 쌍둥이처럼 한참이나 떨어질 줄 모른다.

이유태 집 앞 거랑은 한천으로 흘러들어간다. 도랑가에 큰달맞이꽃에 모여 앉은 늦반딧불이가 임홍 물미장이 스치자 빛을 잠그고 어둠으로 돌아간다. 저놈들은 밤새 깜빡이지 않는다. 해지면 한 시간 온 힘을 다해 불을 켰다가 끄고 만다. 어릴 때 집 앞에서 종해와 늦반딧불이를 잡으려고 해지길 기다리고 있던 적도 여러 번 있었다. 해는 졌다. 임홍은 '불을 켜고 날아오를 것이다'를 다짐하며 이유태 집을 나선다.

●

임홍이 고든골 집에 들른 지 열흘이 지났다. 하나밖에 없는 아들놈 얼굴이 아른거린다.

집강소에서 날랜 걸음으로 가면 한나절도 안 걸리는 길이었다. 임홍은 이번 싸움에 모든 걸 다 걸었다. 김태운과 백재봉을 시켜 전도야지 집을 물샐틈없이 감시하고 지켜보고 있다. 배태산이 이종해 초군을 막고 있다. 하루 내내 꼬박, 1초란 시각도 이 빠지지 않게 눈길을 거두질 않았다. 이들만 막으면 하늘목장도 손아귀에 들어온다.

지금은 세가 버렁차지만 동도들은 왜놈까지 합세한 관군을 이기지 못할 것이다.

머릿수만 믿고 날뛰지만 현산에 걸어 놓은 회선포 두 문이면 몸이 쪼가리 날 일생들이었다.

유정들에 바람이 일고 전쟁이 시작되었다.

화지 동도들이 들이닥치지만 윤치문만 쓰러지면 뿔뿔이 흩어질 것이다.

난리는 곧 끝나고 화적당에 휩쓸렸던 무리들은 줄줄이 엮여 들어가고 세상은 예전처럼 돌아갈 것이다. 난리통에는 살아남아야 한다. 죽어야 할 놈들은 죽는 게 난리다. 죽어 마땅한 목숨만 스러지는 게 세상 이치다. 살아남으면 죽은 놈들 몫까지 차지한다. 살아야 한다.

난 자신 있다. 내 싸움은 그때 시작된다.

수모를 갚고 더 큰 먹이를 낚아채고자 임홍은 잔뜩 웅크리고 기다리고 기다린다.

14

‘저하, 삼가 아뢰니 살펴주십시오.

우리는 감천과 상·하리에 걸쳐 사는 나무꾼들입니다. 지난 다섯 해 꼬박 일군 땅이 원통히도 사라져 이를 찾아 주십사 하는 상서와 신소장伸訴狀:범죄 사실을 신고하여 수사와 범인을 잡아들일 것을 요구하는 글을 올립니다.

하늘목장은 지난 갑신년(1884년)부터 10여 년 동안 묵은 땅입니다.

지난 석 삼 해 내내 든 가물로 못에 먼지가 일고 강물에는 물 한 방울 구경할 수 없습니다. 저희는 상·하리 깊은 산골 비탈을 누비며 갈비를 끌고 숯을 구워 예천현 내 나무전에 파는 한편 예천 금당실과 감천을 오가며 갈고리 같은 손으로 하늘목장을 일궈 왔습니다.

현에서는 진전으로 3년 동안 진결을 면제하고 10만 평 가운데 1만 평을 개간에 참가한 초군 20여 명을 시주時主로 이름 올리고 초군 마을공유농장으로 입안을 해주기로 했습니다.

입안은커녕 이유태, 윤계선, 이삼문, 박기양이 수령과 군리와 결탁하여 수조권을 틀어쥐고 하늘목장에 나는 쌀 한 알, 조 한 톨까지 다 쓸어갔습니다.

하늘목장을 명례궁방전明禮宮房田으로 납부하여 왕후의 내탕內帑으로 삼는다는 4인의 발괄은 예천 현민의 뜻이 아니오니다.

20인의 토지를 마치 제 것인 양 양안을 거짓으로 꾸며 바친 것입니다. 이들은 실제 하늘목장을 경영하지도 않고 서리를 대신하여 추수 때 간평만 했을 뿐이며, 원납 대가로 대금을 받을 목적일 뿐입니다.

낱낱이 조사하여 나라의 도적을 없애고 예천의 근심을 거두어 주시길 간절히 바라나이다.'

기항은 이 발괄억울한 사정을 호소하고 구원을 청하는 일 또는 그런 말을 동생 기태한테 받았다.

어디서 구했는지는 묻지도 않았다.

"이건 종해가 쓴 거가?"

혼잣말처럼 묻는다.

답이 없다.

"근데 종해가 이 일을 어떻게 알았으까?"

기태한테 고개를 돌리고 다시 묻는다.

"장 접사 말로는 종해가 한걸이한테 들은 것 같다고 했습니다. 목계나루를 오가는 상걸이가 한양에서 온 사람이 충주에 있다는 소문을 최 수접주한테 말하는 걸 한걸이가 장접사와 같이 들었다고 합니다.”

기항은 살점이 터지고 두 다릴 땅에 쿡 쑤셔 박아 꼼짝 못하게 주저앉힐 싸움판을 뒤로 하고 충주로 향하고 있다. 동로를 지나 문경을 넘으면 충주 목계나루에 한나절이면 닿지만 하늘목장과 석문리 눈을 피해 기태만 데리고 저수령을 넘어 돌아가는 길을 잡았다.

방곡-북하리-장회나루에 서면 멀리 구담봉과 둥지봉이 보였고, 도기재를 지나면 월악산 영봉이 치맛자락처럼 드리운 송계계곡이 나온다. 지릅재를 넘어 수안보를 거쳐 수주팔봉 탄금대를 둘러 충주 목계나루에 닿는다. 꼬박 이틀 걸리는 길이다.
“어서 서두르자.”
“형님, 이 영장 쪽에서 확실하게 사람이 오니꺼?”
“어허, 입조심해라.”
전도야지는 아무리 둘러봐도 두 사람의 발소리와 새소리만 울리는 숲길을 두루 꼼꼼하게 살핀다.
“형님도 참! 누가 있다꼬?”
전도야지는 생각이 깊은 사람이다. 한 가지 일을 시작하면 열 가지 일어날 일을 먼저 헤아리는 인물이다. 누구한테 이야기하는 법도 없다. 언제나 혼자 풀어나간다. 동생한테도 필요한 만큼 입을 열고, 그저 일을 매조질 때 필요한 일, 딱 그만큼만 시킨다.

"기태야. 하늘목장은 땅이라?"

뜬금없는 물음이다.

"땅 아임 그게 뭡니까?"

기태는 형님이 또 무슨 말을 하려고 어이없는 말을 꺼내실까, 그런 얼굴이다.

"땅에 손이 가고 곡식이 나오고 이문이 남아야 땅 아이라."

"우리 손이 갔고 곡식이 나오잖니껴? 그캄 땅이지 뭘 자꾸 빤한 이야길……."

"그 곡식을 우리가 못 가지고 오고 있다. 이문이 안 난단 말이다. 내 생각으로 그런 땅은 땅이 아니다. 내 손에 들어와야 땅이지."

"형님, 그래서 궁장토로 넘긴단 말입니까?"

"넘긴다? 글쎄."

"……."

"왜놈들이 광화문 문초리를 깨고 경복궁 담을 넘었다 카더라."

"예, 저도 그 소문은 들었니더만."

"'왕실'이란 서까래가 무너져 내리는 기라."

“그러니까요. 이런 판국에 왜 하늘목장을 궁장토로 만들라 카니껴?”

“아직껏 조선 백성이면 누구도 범접하지 못할 이름에 땅을 잠깐 맡길 생각이다.”

“이 영장이 가만 두고 볼리껴? 땅이라카마 눈이 벌개서 달려드는 작자인데. 그치 뒤에는 민보군도 있고.”

종해와 함께 있을 때 조가밀교朝家密教를 가져온 사람이 충주에 머물고 있다는 연락을 보낸 건 이유태였다. 이유태 사람인 임홍이었다.

“어르신, 이 난리는 어찌됐든 끝납니다. 아닙니까?”

작달막한 사내가 눈을 반짝이며 말을 몰아간다.

“그렇겠지.”

“여기 이 영장이 보낸 서신이 있니더. 보시고요. 당장 답장은 필요 없습니다. 그럼, 저는 이만 돌아가겠습니다.”

자기 할 말만 하고 바람처럼 빠져나갔다. 봄철, 적삼을 파고드는 차가운 소소리바람 같은 사내다.

그날 종해가 봤을지 모른다. 임홍이 나가자 막 종해가 들어왔다. 아니다. 임홍이 종해가 들어오기 한 시각 전에 일어서지 않았나.

종해도 한양에서 온 사람이 충주에 머물고 있다는 이야

길 들은 모양이다.

그래서 이 통문까지 쓴 것이다. 그날 내게 보이려고. 궁장토로 넘긴다는 소린 어디서 들은 걸까. 한걸이도 모를 텐데. 그래서 그놈이 그날 나를 떠봤구나.

"어르신 새로운 돌파구 아닙니까?"

"뭐가 말이로?"

"대원군이 보낸 조가밀교를 지닌 사람이 충주에 머문다고 들었습니다."

"뭐라꼬? 대원군이 사람을 보내. 말도 안 되는 소릴. 니는 어디서 그런 소식을 듣고 함부로 내뱉노? 내가 보자 보자카이 큰일 날 소릴 다하는 구나."

"어디서 듣긴요. 하늘목장을 날로 먹을라는 놈들이 너나없이 흘리는 말이겠지요."

종해 말에 날이 서 있다. 보리 이삭 까끄라기처럼 따끔따끔, 말에 가시가 박혔다.

"그래? 나중에 알게 되겠지. 그게 어떻게 새로운 돌파구가 된단 말이로?"

"4인방이 예천을 인질처럼 잡고 있어서 동학군이 움직이지 못한다는 걸 알려야지요.

일본군을 치지 못하고 발이 묶여 있다는 걸 말해야 하지 않겠습니까? 신소장을 써서 알려야지죠. 4인방이 예천 사람들한테 저지른 짓이며, 하늘목장을⋯⋯.”

“종해야. 니는 나무만 자르고 숯만 구워서 아직 세상 물정을 잘 모르는구나.”

“네? 무슨 말씀인지?”

“양반이란 작자들이 니가 말하는 조가밀교를 우리한테만 보냈을까?”

감천 장터에서 낫 한 자루로 늑대를 살린 그날 종해 눈빛, 시퍼런 불꽃으로 이유태를 쏘아보던 눈길을 나에게 보냈어. 나, 전도야지한테. 종해란 놈이.

난 그날 그걸 봤어.

암팡진 종선이란 년도 나한테 하늘목장이 제 집이라도 되는 것처럼 따따부따 늘어놓은 적이 있다.

‘오빠와 초군 그리고 감천 마부와 역말꾼 버실 백정들에게 하늘목장은 고향입니다.

10만 평 하늘목장이 최 수접주는 말할 것도 없고, 예천 집강소에서도, 예천 4인방한테도 얼마나 긴요하고 소중한지 다 알 테죠.

오빠는 규선과 나를 이 위태로운 싸움판에서 빼내려고 궁리에 궁리를 더합니다.

나는 결코 이 땅에서 도망가지 않을 것입니다. 내가 가면 말도 흩어지고 우리들 이야기도 하늘목장 위를 떠돌던 웃음도 아무도 기억하지 못할 것입니다. 내 아이가 발 디디고 살아갈 곳도 사라질 겁니다.

대대손손 살아갈 둔덕이 되어줄 고향입니다. 말발굽에 아이들 어린 몸뚱이 짓밟히지 않고, 얼어터진 갈고리 같은 손 잠시 쉬어도 겨울 한철 버티고, 내년 봄을 기다릴 수 있는 마당이 있는 고향입니다. 이 싸움은 고향을 얻어 한두 해 앞을 내다보며 살지, 내일을 기약할 수 없는 오늘에 떠밀려 살지, 가늠하는 자리입니다.

오늘이 지나도 내일은 오지 않고 오늘을 밟고도 어제를 돌아볼 수 없는 하루를 끝장내자는 싸움입니다.

그저 땅에 땅을 더하고 이문에 이문을 얻는 치들과는 다른 부딪힘이지요.

우리는 그 많은 돌을 주워내며 땅을 몸에 새긴 사람들입니다.'

전도야지는 종해를 하늘목장으로 끌어들인 그날을 되짚는다. 남매는 예사 나무꾼이 아니었다. 초군들한테 떠도는 소문처럼 종해 몸엔 늑대 굴을 아무 때나 드나드는 늑대 피가 흐르는 걸까. 종선은 붓을 타고 내 속을 제 멋대로 들락거리며 내 생각과 마음을 훔쳐가는 저수령 참매가 현신한 아이일지 모른다. 나한테만 꽁꽁 숨기는 뭔가가 있는 걸까.

그럴 리가 없다. 무지랭이들이 가져다 붙이는 소문이란 그
들이 결코 가질 수 없는 꿈에 불과하니까.

15

꿈결인가.

‘그런 이야길 들었어.

사람은 마지막 순간에 이곳이 떠오른다는 거야. 마음을
맡겨 놓았던 뭇짐승과 꿈을 걸어 놓은 나무와 풀이 영에 닿
으면, 거기로 돌아간다는 거지. 내 손으로 열한 주검을 거두
고 그 죽음을 갈무리했는데 하나같이 같은 이야기야. 홀로
돌아가야 할 그곳에 가고 싶다고. 그곳으로 데려다달라고.’

4인방은 끊임없이 땅을 탐했다.

하늘목장이 삶의 터전이 될 것이라 굳게 믿었던 종해와
초군들은 절망했다.

종해는 고갯길을 어떻게 뛰어올랐는지 모른다. 그 길이
스스로 굽이쳐 오른 것은 아닐까. 하늘목장으로 달리고 또

달렸다. 검은 토시를 찬 민보군 칼날에 갇혀 맥살없이 한천 강물에 떠밀려 내려가기는 싫었다.

그해 여름 내내 뒤를 좇던 사나운 눈길들이 악을 쓰며 그를 에워싼다. 팔다리에 표창을 박아 넣고 살점을 물어뜯는다. 번쩍번쩍 내리긋는 환도에 종해 몸이 움푹움푹 파이고 살점이 떨어져 나간다. 초군樵軍:나무꾼들과 갈고리 손으로 일군 땅으로, 노랗게 익어가는 곡식보다 더 환한 웃음이 영근 땅으로, 돌아가는 길 한사코 막아서는 검은 적삼은 이미 반쯤 허물어진 종해를 둘러싸고 장막을 친다. 멀리서 들리는 '아이고 저걸 우예꼬! 언씨야!' 안타까움과 노여움이 묻어난 마을 늙은이들 탄성을 매몰차게 튕겨낸다.

이 검은 벽을 넘어서면 내 동생 종선이와 정호가 나를 보고 있을지도 모르는데.

하늘목장을 오르는 길은커녕 피붙이한테 달려가는 눈길마저 끊기고 말았다. 종해는 이 짧은 순간에 정신을 모으고 길을 더듬는다.

지나온 시간을 헤아린다. 부용산 초입에서 첫 번째 갈림길, 왼쪽 갈래길은 초군들이 하늘목장 오르는 길, 오른쪽은 석관천 지나 늑대들이 줄지어 돌아가는 화통골 소로길이다. 그래, 이제야 길이 보인다. 빛이 내려오고 두 무리가 달린다. 종해는 갈림길 가운데 서서 어디로 갈지, 이대로 서 있어야 할지 갈피를 못 잡고 두리번거린다.

늑대는 오가는데
종해 몸에 겨우 붙어 있는 손발은 벌벌 떨리고
다리는 늙은 팽나무처럼
땅에 붙박혀 움직일 줄 모른다.

피범벅이 된 등을 대고 선 느티나무가 바람에 일렁거린다.
울긋불긋 물든 잎사귀가 화살촉이 되어 날아가다가 떨어
진다. 늑대는 종적을 감추었고 올가미가 된 함성만이 촘촘
히 다가와 종해 몸을 묶는다.
보부상인지 민보군 앞잡이 농투성이인지 붉은 오라를 던
지는가 싶더니 어느새 칼로, 창으로, 몽둥이로 온몸을 들쑤
시고 살을 헤집는다. 종해는 송곳처럼 뾰족하게 돋는 두려
움을 누구도 보지 못하게 움켜쥐고 발끝으로 길을 더듬으
며 낫을 휘두른다.

시퍼런 서리가 뚝뚝 떨어지는 낫질에 둥글게 감싼 검은
벽이 움찔 뒷걸음치는 찰나
"뭐하노? 이 새끼들아. 마카 달겨들어 창으로 퍼떡 찔러
라. 저놈만 죽이면 예천 동비들은 고마 다 끝이대이. 인제
우리 세상이란 말이다."
몸통이 깍짓동 같은 사내가 소릴 지르자 이내 검은 원이

다시 종해를 옥죄여 온다. 화퉁골 늑대울음이 석관천을 따라 내려와 종해를 부르자 느티나무에 기댄 채 몸을 꼿꼿이 세우고 고개를 오른쪽으로 떨군다.

●

"종선아 나는 초군들이 '다 끝났어, 이제 글렀어'라는 말이 그렇게 싫더라.
어느 해 3월 말인가 4월 초인가 엄마가 '아이고, 이제 겨울 다 지나갔네.' 장독대 훔치며 말한 적이 있었거든, 그런데 다음날 보란 듯이 겨울눈이 내렸어.

겨울 다 지나갔다는 말
눈발은 그 '다'라는 말에 꽂혀
소나무 와락 주저앉힐 만큼 퍼부었지.

이건 너도 생각날 거야.
장독대 옆에 아버지가 심어놓은 딱총나무, 뼈 부러진 데 좋다고 저수령에서 몇 그루 캐 오셨잖아. 봄이 왔는데도 희멀건한 것이 꼭 죽은 것처럼 보였지.
내가 보기에도 영 살아날 것 같지 않더라고. 대궁을 살짝 건드렸는데 흔들거렸어.

나는 뿌리가 썩었다고 믿었지. ‘이놈 이제 다 끝난 것 같은데……!’, 지나가며 한 마디 했는데 다음날 싹을 올리더라고.

‘그놈 이제 끝났다’는 말
몸짓은 ‘이제’라는 말에 떨며
뻔한 입 틀어막고 연둣빛으로 요동쳤지.”

오빠는 한동안 내 곁을 얼찐거렸다. 나는 무르춤하게 서서 꼼작할 수 없었다. 열브스름하고 왜뚤비뚤한 오빠 얼굴이 부용봉과 겹쳐 보였다. 잠들기 힘든 나날이 이어졌지.

오빠와 함께 노래를 불렀어.
초군들, 봉수꾼들, 백정들, 역말 사람들,
포수들도 같이 서서.
나는 노랠 부르다말다 어디론가 다녀왔는데,
적삼 하나로 온몸을 가리고
사람들 눈길을 피해 종종걸음으로 다시 돌아오는 길이야.
화퉁골인지 석관천인지 하늘목장 도회소인지
얽히고설킨 굴과 골짜기를 맴돌다 들어간 집 마당은
시퍼런 낫을 꽂은 지게가 우부룩했어.
여러 갈래로 어지럽게 갈라진 길 가운데 한 곳을 걷는

오빠 뒷모습을 좇았어.
빨리 쫓아가라며 정달이가 한쪽 다리를
내어주는 거야.

나는 소리를 지르며 깨어난다.
날이 희붐하게 밝아오고 덮었던 이불이 친친하게 내 몸
에 감겨왔어.
검은 토시 찬 무리는 내 오빠의 죽음을 이렇게 적었다.

「안동에서 감천으로 가는 길의 가게에 동도 괴수 이종해라
는 자가 있는데, 칼을 가지고 예천 부민을 해치려고 합니다. 이
사람은 전에 소야 집소에서 칼을 뽑아 본소의 통사심부름꾼를
죽이려고 했던 자이며 고을을 칠 계획을 처음으로 주창한 자입
니다. 또한 이전에 시장으로 가는 길을 막았던 것도 부족하여
지금 또 행패를 부리니 이 같은 놈을 어찌 살려줄 수 있겠습니
까, 결국 촘촘히 둘러서서 때려 죽였다.
《갑오척사록》 [갑오 초 10일 계미初十日癸未]」

다시 여는 글

나는 오빠가 떠나간 한동안 하늘목장 쪽은 쳐다보지도 않았다. 하늘이란 말조차 싫었다. 왜 하늘목장으로 이름 불렀을까. 하늘에 맞닿아서?

하늘 보지 말자
꿈꾸려면 땅만 볼 일이다
갈급한 인정 몇 조각도 땅에 발 딛고 있고
종주먹 쥐고 들이댈 곳도 땅 위 철면피 사람들이다
가없는 하늘이야 무심하고
성근 미련만 제 일 아니라는 듯 구름 되어 흐른다

하늘에 빌지 말자
복 짓자면 땅만 볼 일이다
새순처럼 솟는 인연 여린 간절함으로 움트고
움켜쥐어야 할 운명이야 억센 내 손아귀에서 발버둥치지
하늘이야 제 운명 아니라고
뜨겁지도 차갑지도 않은 밍근하고
새된 눈길로 나 몰라라 한다

모진 발길질에도 나는 이 땅에 살아남았다.

하늘이 잉태한 아이도 내 손길을 놓지 않고 끝까지 붙잡고 나를 따라왔다.

아이를 그곳으로 보내고 나서는 악몽이 끊임없이 쫓아다녔다.

늘 같은 꿈을 꾼다.

치마가 없어졌거나, 옷 입는 것을 잊었거나, 누군가 숨겼거나 나는 아랫도리를 드러냈고 허전하고 부끄러웠다. 저고리를 당겨 가리면 저고리가 찢어져 한순간에 알몸이 되었다. 누가 볼세라 하늘목장 도회소 방으로 들어가 온종일 처박혔다.

가슴에 잉걸불이 타오르면 반나절도 못 참고 뛰쳐나와 여기저길 쏘다니다 길을 잃는다.

집으로 돌아갈 길을 찾지만 우리집 담장은 다 허물어지고 집은 불탔다. 집터를 맴돌다 보면 누군가 나를 지켜본다. 눈길이 화살이 되어 달려온다. 나는 붓을 들어 막아보지만 하얀 붓털은 순식간에 빠져 민들레 갓털처럼 날아다니다 하늘을 뒤덮는다. 검은 하늘이 내려오고 멀리서 어둠 속에 갇힌 나를 마중 나온 것 같은 늑대울음이 귀를 덮는다.

벌떡 일어나면 눈앞에 아지랑이가 가득하다. 사람도, 나무도, 두 개, 세 개로 가늠할 수 없이 늘어난다. 뒷덜미를 만지고 귀 뒤를 누르면 아지랑이가 사라지고 송곳이 관자놀이를 찌르는 듯한 두통이 잦아들며 구토가 들이닥친다.

모든 걸 토해내고서야 내 앞에 놓고 있는 아이가 보인다.

어디서 누가 읽을 진 모르지만 나는 하늘목장에서 불어온 바람과 사람들 말소리와 땀방울과 피울음을 적바림하고 남겼다. 난리가 끝나도 기찰은 끝나지 않았고 나와 아이와 내가 남긴 말은 뿔뿔이 흩어졌다. 다시 사냥이 시작됐다.

내 말은 그 눈길을 피해 세상을 모른 척 골짜기로, 봉오리로 저마다 스며들었다.

글, 몸을 비틀고 숨 한 번 쉬자는 거지. 딴 거 암꺼도 없다. 나한테 글은 마음을 담아두는 그릇이데이. 그 그릇에 담긴 마음이 그리우면 이름을 부르는 거야. 이름이 문고리인 셈이지. 마음이라는 방으로 들어가는 문고리. 언문책도 다 이름을 달고 나오잖나. 장화홍련, 심청이, 임경업, 홍길동. 그 이름을 부르면 글 안에 웅크리고 있던 사람들이 마음을 열고 달려 나오는 거야.

종선아. 니도 늑대울음 들었제? 밤마다 우는.

174

화통골 늑대도 다 자기 이름이 있어 우는 소리가 다 다르지. 너도 조금 있으면 늑대 이름을 다 외울 거야.

나는 엄마 말을 되새기며 그날 일을, 오빠가 겪고 내가 당한 일을, 초군들 모습을, 낱낱이 적어나갔다.

하늘목장은 양민증이 없으면 다닐 수 없는 곳이 되었다. 세상이 그렇게 됐다. 어딜 가나 양민증을 내보이고 '나는 착하고 착한 사람입니다' 소릴 질러야 다닐 수 있게 되었다. 누구한테 착한지는 묻지 않는다. 그저 암구호처럼 외쳐야 오늘에서 내일로 건너갈 수 있었다.

"자네, 그 물건을 '부처님 오신 날' 전에 옮겨야 하네."

일초 스님이 건너왔다.

"무슨 일이 있습니까?"

일초 스님은 명봉사에서 용문사로 옮겨서 주지 스님을 시봉하고 있다.

"일본 승려가 용문사에 온다네."

"스님은 그걸 어디서 들었습니까?"

일초는 말이 없다.

"왜 말이 없으세요?"

"형섭이한테 들었네."
"혀, 형섭이요."
얼마나 오랜만에 들어보는 이름인지.

그날 정신이 없는 가운데 오빠와 정달이가 나누는 이야
길 도회소 옆 정지방에서 어렴풋이 들었다. 이야기를 들은
게 아닐지도 모른다. 그저 꿈 아니면 하늘목장을 맴도는 소
소리바람인지도.

종선이가 큰일이다.
민보군이나 부병들이 오면 이종해 동생이라는 이유만으로
도 가만두지 않을 것이다.
규선이가 모래에 파묻혔으니 종선이와 아기를 지킬 사람도
없다.
종선이가 예천 금당실농민군과 초군 통문을 도맡아 쓰는 건
이제 아는 사람은 다 아는 비밀이고. 집강소 무뢰배를 이끌고
있는 임홍도 어릴 때부터 종선이를 봐와서 초군들 통문이며 열
명록이 누구 손으로 썼는지 알 것이다. 뭐, 알고 모르고가 별건
가. 모르면 알 때까지 닦달해서라도 종선이 손으로 쓴 것으로
만들 것이다.

홑몸이라면 기찰을 피해 저수령을 넘어 단양 쪽으로 피신시킬 수 있겠지만 산을 타기엔 위험하고 몸이 따라주지 않을 것이다.

'형님, 집강소에서 궁방골 뒤쪽 덕봉산에서 제를 지낸다고 합니다. 산영감소를 도살장으로 데려오는 것 모시기 전에 일초와 두운이 늘 염불을 외웠는데 이번에도 집강소로 갔다가 절로 돌아갈 것입니다.'

"……."

"종선이를 아이와 함께 일초와 두운 일행 편에 버실로 보내세요. 천궁이라면 안전할 것입니다."

갖바치가 됐다는 소리는 들었다.

규선이 보고 싶다. 순간이 영원하길 비는 건 어리석은 바람이지만, 순간 속에 영원이 잠깐이라도 깃들길 바라는 간절함이야 어찌할 수 없다. 규선은 누구보다 염렵했다.

하늘에 오르면 규선이가 나를 보고 무엇이라 할지 모르겠다.

"형섭이가 어찌 알았을까요?"

"옛날 그 집강소에 소가죽을 바치러 갔다가 우연히 들었다고 하더구먼."

"소고기가 아니고 소가죽을요?"

"왜놈들이 병정들 군화 만드는 데 쓴다고 고기보단 가죽을 찾는다고 하대."

"집강소가 아직 남아있습니까?"

"난리가 끝나고 임홍이 차지했지. 집강소 유생 70여 놈이 나라를 구했다며 조정에 공을 청했는데, 임홍은 스스로 빠졌다지. 대신 집강소를 지키며 살도록 거처를 옮기게 해 달라고 했다는구만. 안동 속현인데다 어차피 왜놈이 들어오면 아전들도 예전처럼 힘 부리긴 어려우니 임홍이 관리하라고 떠넘기다시피 주었다네."

임홍이 집강소에 눌러앉았다는 소식은 이미 알고 있었다. 집강소 자리에 신식 학원인가 뭔가를 차린다는 소문도 돌았고.

"형섭이는 집강소에 자주 간답니까?"

"치한이가 몸져누운 뒤론 형섭이가 대신 일을 보러 간다네. 이번엔 임홍이 일본에 유학 보낸 아들이 돌아와…… 참, 임홍이 애도 형섭이가 태어난 날 나왔다지."

나는 왜 자꾸 물을까. 비록 하늘목장을 밟지는 못하더라도 형섭이가 살아있는 것만으로 됐다. 형섭이가 고기 잡는 일은 뒤로 물리고 날마다 산을 누비며 약초공부만 한다는 이야길 치한이한테 들은 적이 있다.

"일본 승려 시바타 고마사부로란 자와 함께 들어왔는데 부산진에서 삼강나루로 올라와 예천 집강소로 바로 들어왔다네. 임홍이 왜놈을 끼고 세를 과시하려는 속셈이지."

"그런데 용문사에는 왜요?"

"윤장대를 보러 온다는구먼."

"윤장대를 요?"

놈들이 알고 있는 걸까. 내가 오빠와 핏줄보다 더 살가운 초군들 피와 비명을 헤집고 길어 올리고 간추린 이야길 담아놓은 곳을 그놈들이 알아챈 걸까.

"오늘밤 안으로라도 치워서 형섭이한테 보내세."

"안 됩니다. 그러면 형섭이가 또 어떤 고초를 겪을지 모릅니다."

"그럼 어떻게 하면 좋겠나?"

"일단 그대로 두죠. 일본 승려와 임홍 아들과 그 집 집사 몇이 와서 윤장대를 들어내지는 않겠지요. 그렇다 치더라도 사람 데려와 금방 뜯어내진 못해요. 여차하면 명봉사로 옮겼다가 화통골 늑대굴로 가면 됩니다. 정 안 되면 한배미

박 천자한테 보내면 어떻겠습니까.”

내가 어디서 이렇게 담대한 마음이 생겼는지 모른다.

“그래, 박 천자면 어디든 갈무리할걸세. 그럼 일단 며칠 더 두고 보세.”

“참 임홍이 아들 이름이 뭐랍니까?”

“임석회라고 하더군.”

“임석회라……..”

“그런데 참 묘한 소문이 떠돌더구먼. 임홍이 말이야.”

“임홍이 또 뭔 꿍꿍이속을 드러낸답디까?”

“아마, 성을 바꾼다지.”

“허허, 성을요?”

“그래 고향도 안동 읍으로 옮기고.”

●

“이름이 형섭이라 캤나?”

석회가 묻는다.

“예.”

“니 한해에 소 몇 마리나 잡노?”

“그때그때 다릅니다. 올해는……..”

"아 됐고. 고기는 해오던 대로 하고, 앞으로 잡고 남은 소 가죽은 벗겨서 마카 내한테 가온나?"

"전부는 안 되고요……"

"뭐라꼬?"

석회가 부르르 떨며 봉당에서 펄쩍 뛰어내리더니 마당에 구부정하게 선 형섭이 배를 내지른다. 분이 풀리지 않는지 풀썩 고꾸라진 형섭이 등짝을 발뒤꿈치로 내리찍는다.

꽉 다문 이 사이로 비명과 숨소리가 뒤엉켜 '어어어 으응' 기괴한 소리가 삐져나온다. 땅바닥을 쓸 듯이 몸을 비틀며 일어선다.

"이 씨팔 눔의 백정새끼가 하라만 하지, 뭔 토를 달아."

집강소를 새로 뜯고 신식건물 짓느라 정신없는 임홍이 점심때가 되자 타작마당을 지나 중문 마당으로 들어선다.

"이게 뭐 하는 짓이고?"

"이놈 말귀 좀 알아듣게 타이르고 있습니다."

"그래 뭘 타일렀노?"

"우리가 말을 하면 바로바로 따라오게끔, 근데 저놈이 영 뻣뻣합니다."

"그게 한두 번에 되겠나? 저놈들이 사람 목숨 노리는 총

자루에서 소 잡는 칼자루로 바꿔 잡은 지 얼마나 됐다꼬? 아직도 저들 세상인지 착각하고 산다카이.”

“그러이 예천에서 백정은 싹 치아뿌리야‘치워야. 없애야.’ 예천 사투리 합니다.”

임홍은 신기하다. 핏줄이라는 게 신통방통하다. 어쩌면 내가 하고 싶은 말을 이놈이 어떻게 알고 이렇게 딱딱 알아맞힐까. 임홍은 이제 총칼로 싸우는 시절이 끝난 건지 어쩐지 아직 알 수가 없지만. 말을 틀어쥐고 (점잖게) 싸워야 할 때라는 건 안다. 저놈들이 총칼을 휘두르더라도 나는 말로 짓눌러야 한다. (위험한) 총칼은 이미 우리 손에 있지 않은가. 그 말은 어디서 오는지, 말을 휘두르는 바탕이 뭔지 임홍은 찾고 있다. 그래서 하나뿐인 아들 석회를 일본까지 보낸 것이다.

“그런데 니는 백정을 왜 그클 싫어하노?”
“더럽잖니껴? 시바타 고마사부로 스님도 피를 묻히는 인간과는 사귀지도, 가까이 가지도 말라꼬 누누이 말했니더.”
임홍은 일본까지 공부하러 가서 이름이 널리 알려진 승려와 함께 돌아온 아들이 든든하기만 하다. 이제 예천 4인방이니 뭐니 같잖은 지주들과 억지로 어울릴 필요도 없고, 아전들 눈치 볼 일도 없다. 시국에 눈 밝은 아들 앞세우고, 그저 뒤만 봐주면 된다.

“더럽다? 더러우면 피해가만 안 되나? 맥지^{‘억지로. 일부로’ 예천 사투리} 자들하고 상대하느라꼬 힘들이지 말고.”

“아니지요. 더러운 건 위험하다꼬 배았습니다. 저놈들은 더러운 걸 씻을라꼬 반드시 우리 돈과 재물을 탐할 겁니다.”

“그래, 그러면 그 더러운 걸 우째 치울라꼬?”

“읍에 저놈들을 싫어하는 동무들이 한둘이 아입니다. 일본에서도 자주 만났는데 만날 때마다 교육 이야길 했지요.”

“교육이라. 그 교육이란기 나는 잘 몰따만은 말만 많으만 뭐하노? 어째 치울지 일할 요량을 해야지.”

“청년회를 만들낍니다. 예천청년회. 두고 보시면 알게 될 겁니다. 다 치우고 깨끗한 예천을 만들 겁니다.”

“청년회라.”

‘그게 집강소 같은 거구나.’

그렇게 혼자 짐작한다.

임홍은 한 마디 던지고 중문 밖으로 나가는 아들 어깨를 본다. 햇살이 날아와 돌아선 아들 어깨에서부터 주저앉은 형섭이 다리까지 일 자로 비추고 있다. 하늘에서 창을 던진 것처럼 둘을 꿰고 멈추어 섰다.

김홍은 자기 손으로 죽인 백정을 내려다본다. 정달이도 저렇게 앉아 나를 올려다봤지. 소처럼 울면서 죽어갔어. 형섭은 김석회가 뱉은 말을 천천히 씹고 물어뜯는다.

'**다** 치운다. 더러운 백정을. 더러운 나를. 다.'